Gröls Verlage

„Bücher sind wie Fallschirme. Sie nützen uns nichts, wenn wir sie nicht öffnen."

Gröls Verlag

Redaktionelle Hinweise und Impressum

Das vorliegende Werk wurde zugunsten der Authentizität sehr zurückhaltend bearbeitet. So wurden etwa ursprüngliche Rechtschreibfehler regelmäßig *nicht* behoben, denn kleine Unvollkommenheiten machen das Buch – wie im Übrigen den Menschen – erst authentisch. Mitunter wurden jedoch zum Beispiel Absätze behutsam neu getrennt, um den Lesefluss zu erleichtern.

Um die Texte zu rekonstruieren, werden antiquarische Bücher von Lesegeräten gescannt und dann durch eine Software lesbar gemacht. Der so entstandene Text wird von Menschen gegengelesen und korrigiert – hierbei treten auch Fehler auf. Wenn Sie ebenfalls antiquarische Texte einreichen möchten, finden Sie weitere Informationen auf www.groels.de

Viel Freude bei der Lektüre wünscht Ihnen das Team des Gröls-Verlags.

Adressen

Verleger: Hermann-Josef Gröls,

Im Borngrund 26, 61440 Oberursel

Externer Dienstleister für Distribution & Herstellung:

BoD, In de Tarpen 42, 22848 Norderstedt

Unsere „Edition | Werke der Weltliteratur“ hat den Anspruch, eine der größten und vollständigsten Sammlungen klassischer Literatur in deutscher Sprache zu werden. Nach und nach versammeln wir hier nicht nur die „üblichen Verdächtigen“ von Goethe bis Schiller, sondern auch Kleinode der vergangenen Jahrhunderte, die – zu Unrecht – drohen, in Vergessenheit zu geraten. Wir kultivieren und kuratieren damit einen der wertvollsten Bereiche der abendländischen Kultur. Kleine Auswahl:

Francis Bacon • Neues Organon • **Balzac** • Glanz und Elend der Kurtisanen • **Joachim H. Campe** • Robinson der Jüngere • **Dante Alighieri** • Die Göttliche Komödie • **Daniel Defoe** • Robinson Crusoe • **Charles Dickens** • Oliver Twist • **Denis Diderot** • Jacques der Fatalist • **Fjodor Dostojewski** • Schuld und Sühne • **Arthur Conan Doyle** • Der Hund von Baskerville • **Marie von Ebner-Eschenbach** • Das Gemeindekind • **Elisabeth von Österreich** • Das Poetische Tagebuch • **Friedrich Engels** • Die Lage der arbeitenden Klasse • **Ludwig Feuerbach** • Das Wesen des Christentums • **Johann G. Fichte** • Reden an die deutsche Nation • **Fitzgerald** • Zärtlich ist die Nacht • **Flaubert** • Madame Bovary • **Gorch Fock** • Seefahrt ist not! • **Theodor Fontane** • Effi Briest • **Robert Musil** • Über die Dummheit • **Edgar Wallace** • Der Frosch mit der Maske • **Jakob Wassermann** • Der Fall Maurizius • **Oscar Wilde** • Das Bildnis des Dorian Grey • **Émile Zola** • Germinal • **Stefan Zweig** • Schachnovelle • **Hugo von Hofmannsthal** • Der Tor und der Tod • **Anton Tschechow** • Ein Heiratsantrag • **Arthur Schnitzler** • Reigen • **Friedrich Schiller** • Kabale und Liebe • **Nicolo Machiavelli** • Der Fürst • **Gotthold E. Lessing** • Nathan der Weise • **Augustinus** • Die Bekenntnisse des heiligen Augustinus • **Marcus Aurelius** • Selbstbetrachtungen • **Charles Baudelaire** • Die Blumen des Bösen • **Harriett Stowe** • Onkel Toms Hütte • **Walter Benjamin** • Deutsche Menschen • **Hugo Bettauer** • Die Stadt ohne Juden • **Lewis Caroll** • *und viele mehr….*

Aristophanes
Die Vögel

Personen

Pisthetairos

Euelpides

Ein Bettelpoet

Ein Wahrsager

Meton, *der Feldmesser*

Ein Ausrufer

Ein Kommissär

Ein ungeratener Sohn

Kinesias, *der Poet*

Ein Sykophant

Sklaven (*stumm*)

Der Wiedehopf

Der Zaunschlupfer

Vögel *als Priester, Musiker, Boten, Herolde, Sklaven*

Chor der Vögel

Iris

Prometheus

Herakles

Poseidon

Der Triballe

Basileia (*stumm*)

Erste Szene

Hochgelegene Wald- und Felsgegend

***Pisthetairos** und **Euelpides**, durch ihr Gepäck als Auswanderer kenntlich, jeder mit einem Vogel auf der Hand, treten auf*

Euelpides *zu der Dohle, die er auf der Hand trägt*:
Gradaus, dort nach dem Baum zu weist du mich?

Pisthetairos *zu seiner Krähe*:
Ei, berste du! – Die krächzt uns nun zurück.

Euelpides: Verdammt! Da stolpern wir nun auf und ab
Und laufen kreuz und quer hinein ins Blaue!

Pisthetairos: Ich Tor! – zu folgen einer Kräh', und mehr
Als tausend Stadien Wegs herumzuirren!

Euelpides: Ich Narr! – zu folgen einer Dohl', und mir
Die Nägel an den Zehen abzulaufen!

Pisthetairos: Wo mögen wir in aller Welt nur sein?

Euelpides: Du – fändest du von hier die Vaterstadt?

Pisthetairos: Unmöglich – selbst für Exekestides!

Euelpides *stolpernd*:
Au weh!

Pisthetairos: So geh doch diesen Weg, Kam'rad!

Euelpides: Der Vogelhändler hat uns schön geprellt,
Philokrates, der hirnverbrannte Krämer,
Der log: die beiden führten uns zum Tereus,

Dem Wiedehopf, nunmehrigem Vollblutvogel.
Die Dohle – Tharrheleides' Kind – verkauft' er
Uns für 'nen Obolos, und hier die Krähe
Für drei! und beide können nichts als beißen!
Die Dohle pickt nach ihm
Was schnappst du wieder? Willst du uns die Felsen
Hinabspedieren? – Hier ist weit und breit
Kein Weg!

Pisthetairos: Beim Zeus, auch nicht der schmälste Fußpfad!

Euelpides: Sagt deine Krähe dir denn nichts vom Weg?

Pisthetairos: Ach nein! die kreischt das alte Lied mir vor.

Euelpides: Was sagt sie denn vom Weg?

Pisthetairos: Was wird sie sagen?
Weghacken wolle sie mir noch die Finger!

Euelpides *gegen die Zuschauer*:
Ist das nicht arg, daß wir, die doch zum Geier
Zu gehn parat und voll Verlangen sind,
Nun erst den Weg dahin nicht finden können?
Denn wißt, ihr Herrn Zuschauer, *unsre* Krankheit
Ist just das Widerspiel von der des Sakas:
Der, Nichtstadtbürger, drängt sich ein, doch wir,
Von Stamm und Zunft und Haus aus makellos,
Vollbürger, nicht verjagt, aus eignem Antrieb
Entflogen spornstreichs wir der Heimat; – nicht
Als wär' uns diese Stadt verhaßt und wäre
Nicht herrlich, groß und weit und allen offen,

Die drin ihr Geld verprozessieren wollen!
Denn einen Monat oder zwei nur zirpen
Im Laub die Grillen: doch ihr ganzes Leben
Verzirpen im Gerichtshof die Athener.
Dies ist der Grund, warum wir hier marschieren
Mit Korb und Topf und Myrtenreis; wir streifen
Herum und suchen einen Friedensort,
Um allda unsre Wohnung aufzuschlagen.
Gerad zu Tereus geht jetzt unsre Fahrt,
Zum Wiedhopf, um zu fragen, ob er als
Gereister Vogel so 'ne Stadt gesehn.

Pisthetairos: Du?

Euelpides: Was?

Pisthetairos: Die Krähe winkt mir immer dort
Hinauf.

Euelpides: Und meine Dohle reckt den Schnabel
Weit offen in die Höh', mir was zu zeigen.
Kein Zweifel mehr, hier müssen Vögel sein:
Wir schlagen Lärm, da sind wir gleich im klaren.

Pisthetairos: Hör, stoß doch mit dem Fuß hier an den Felsen!

Euelpides: Stoß du doch mit dem Kopf, dann klopft es doppelt.

Pisthetairos: So poch mit einem Stein!

Euelpides: Wie du befiehlst!
He, Bursch!

Pisthetairos: Was rufst du? Nennst den Wiedhopf Bursch?
Nicht Bursch, du mußt Huphup dem Wiedhopf rufen

Euelpides: Huphup! Wie lange muß ich denn noch klopfen?
Huphup!

Zaunschlupfer mit langem, weitoffenem Schnabel tritt heraus; Pisthetairos und Euelpides fahren zurück; Dohle und Krähe fliegen fort

Zaunschlupfer: Wer klopft? Wer ruft hier meinem Herrn?

Euelpides: Apollon, sei uns gnädig! Welch ein Schlund!

Zaunschlupfer: Ich Unglücksel'ger, weh, zwei Vogelsteller!

Euelpides *in höchster Not*:
Weh, was passiert mir? Unaussprechliches!

Zaunschlupfer: Hol' euch –

Euelpides: Für Menschen hältst du uns?

Zaunschlupfer: Was sonst?

Euelpides: Ich bin der Vogel Graus aus Afrika.

Zaunschlupfer: Du lügst!

Euelpides: Da frag die Sauce an meinen Beinen!

Zaunschlupfer *zu Pisthetairos*:
Und welch ein Vogel bist denn du? sag an!

Pisthetairos: 'Ne Art von Goldfasan – der Diarrhöling.

Euelpides *zum Zaunschlupfer*:
Was bist denn du nun aber für ein Tier!

Zaunschlupfer: Ein Vogelsklave!

Euelpides: Welche Demut! – Hat
Ein Kampfhahn dich besiegt?

Zaunschlupfer: O nein! Doch als
Mein Herr zum Wiedhopf wurde, bat er mich,
Als Vogel mitzugehn und ihm zu dienen.

Euelpides: Braucht denn ein Vogel auch noch Dienerschaft?

Zaunschlupfer: Er wohl! vermutlich, weil er Mensch einst war;
Bald hätt' er gern phalerische Sardellen,
Gleich schlupf ich mit dem Töpfchen fort und hole;
Dann will er Mus – nach Quirl und Pfanne schlupf ich
Durch Heck' und Zaun –

Euelpides: Nun kenn' ich dich: Zaunschlupfer!
Hör, weißt du was, Zaunschlupfer, schlupf hinein
Und ruf uns deinen Herrn!

Zaunschlupfer: Der macht sein Schläfchen!
Denn Schnaken aß er just und Myrtenbeeren.

Euelpides: Geh nur und wecke ihn!

Zaunschlupfer: Ach nein, ich weiß
Gewiß, er brummt. – Nun, euch zulieb', ich weck' ihn! *Ab*

Pisthetairos *ihm nachrufend*:
Daß du krepierst! Mich so halbtot zu ängsten!

Euelpides: O weh, auch mir entflogen ist vor Angst
Die Dohle!

Pisthetairos: Feiges Tier, du hast vor Angst
Die Dohle fliegen lassen?

Euelpides: Hast denn du
Beim Fallen nicht die Krähe fahren lassen?

Pisthetairos: Ich nicht, bei Zeus!

Euelpides: Wo ist sie denn?

Pisthetairos: Entwischt!

Euelpides: Und du, du hieltst sie nicht, du tapfrer Held?

Wiedehopf *hinter der Szene*:
Tu auf den Wald, daß ich mich offenbare!
Tritt heraus

Euelpides: Welch Wundertier! Herakles, welch Gefieder!
Und auf dem Kopf drei Büsche! – Neue Mode!

Wiedehopf: Wer wünscht zu sehn mein Antlitz?

Euelpides: Die zwölf Götter –
Gegen das Publikum
Traktierten, scheint's, dich schlecht!

Wiedehopf: Ihr spottet mein
Und meiner Schwingen? Fremdlinge, ich war
Einst Mensch –

Euelpides: Wir lachen dich nicht aus –

Wiedehopf: Wen denn?

Pisthetairos: Dein krummer Schnabel nur erschien uns spaßhaft.

Wiedehopf: So hat der Sophokles mich zugerichtet
In seinem Trauerspiel, ja mich, den Tereus!

Euelpides: Du bist der Tereus? Hahn wohl oder Pfau?

Wiedehopf: Ein Vogel doch!

Euelpides: Wo sind denn deine Federn?

Wiedehopf: Mir ausgefallen –

Euelpides: Wohl in einer Krankheit?

Wiedehopf: Nein, alle Vögel mausern sich im Winter,
Es wachsen dann uns neue nach! – Allein
Wer seid denn ihr?

Euelpides: Wir beide? Menschenkinder!

Wiedehopf: Woher?

Euelpides: Woher die stolze Flotte stammt.

Wiedehopf: So? Heliasten? –

Euelpides: Antiheliasten,
Grad' umgekehrt!

Wiedehopf: Gedeiht denn solches Korn
Dort auch?

Euelpides: Gar dünn gesät ist's auf dem Land.

Wiedehopf: Was habt ihr vor? „Was führt euch denn hierher?"

Euelpides: Dich sprechen wollen wir!

Wiedehopf: Worüber denn?

Euelpides: Einmal: du warst ein Mensch einst, so wie wir,
Und hattest wohl auch Schulden, so wie wir;
Und zahltest sie nicht gerne, so wie wir;

Zum zweiten hast, zum Vogel umgestaltet,
Du Erd' und Meer umflogen, und so weißt
Du, was ein Mensch und was ein Vogel weiß.
Drum nah'n wir uns in Demut dir und bitten,
Ob du vielleicht uns eine Stadt kannst nennen,
Wo weich und warm man in der Wolle sitzt?

Wiedehopf: Und größer als die Stadt der Kranaer?

Euelpides: Nicht größer, aber dienlicher für uns.

Wiedehopf: Haha, du denkst aristokratisch?

Euelpides: Ich?
Mit nichten, Skellios' Sohn ist mir ein Greuel!

Wiedehopf: In welcher Stadt denn wohntet ihr am liebsten?

Euelpides: Wo dies die wichtigsten Geschäfte wären: –
Früh kam' an meine Tür ein guter Freund
Und spräche: ›Beim olymp'schen Zeus, du kommst
Doch ja zu mir mit deinen Kindern, wenn
Sie morgens frisch gewaschen sind: wir haben
Ein Hochzeitsmahl: und fehl mir ja nicht, sonst
Bleib mir auch weg, wenn's einmal schmal mir geht!‹

Wiedehopf: Bei Zeus, du liebst beschwerliche Geschäfte!
Zu Pisthetairos
Und du?

Pisthetairos: Dergleichen lieb' auch ich!

Wiedehopf: Zum Beispiel?

Pisthetairos: Wenn einer schwerbeleidigt sich bei mir
Beklagt', ein Vater eines hübschen Knaben:
›So, schön von dir, Stilbonides! Mein Söhnchen,
Das frischgebadet du beim Ringhof trafst,
Mir nicht zu grüßen, küssen, mitzunehmen –
Und auszugreifen – Du, mein alter Freund?!‹ –

Wiedehopf: Du armer Mann, du liebst vertrackte Dinge!
Nun, in der Tat, solch eine Stadt der Wonne
Liegt fern am Roten Meer –

Euelpides: Um Gottes willen,
Nur nicht am Meer! – daß eines Morgens – schrecklich! –
Die Salaminia auftaucht, uns zu holen?
Kannst du uns keine Stadt in Hellas nennen?

Wiedehopf: Laßt euch zu Lepreos in Elis nieder!

Euelpides: Zu Lepreos, dem Krätznest? Pfui, das hass' ich,
Eh' ich's gesehn, schon von Melanthios her!

Wiedehopf: So siedelt euch bei den Opuntiern an
In Lokris!

Euelpides: Was, in Lokris? Lockrer Lump!
Das würd' ich nicht um eine Tonne Golds! –
Wie ist denn bei euch Vögeln hier das Leben?
Du kennst es ja!

Wiedehopf: Kein übler Aufenthalt!
Man braucht hier, um zu leben, keinen Beutel!

Euelpides: Da gibt's auch keine Beutelschneiderei!

Wiedehopf: Wir picken in den Gärten weißen Sesam,
Mohnkörner, Myrtenbeeren, Wasserminze.

Euelpides: Da führt ihr ja ein wahres Hochzeitleben!

Pisthetairos: Ha! Hört!
Zu großen Dingen, seh' ich, ist bestimmt
Das Vögelvolk – wenn ihr mir folgen wollt!

Wiedehopf: Dir folgen? Wie?

Pisthetairos: Vor allem flattert nicht
Mit offnen Schnäbeln in der Welt herum,
Das schickt sich nicht für euch! Wenn dort bei uns
Man fragt nach solchen flatterhaften Burschen:
„Wer ist der Vogel?" – gleich sagt Teleas:
›Ein wetterwend'scher Mensch, charakterlos,
Heut so und morgen so, ein luft'ger Zeisig!‹

Wiedehopf: Beim Dionysos, und der Mann hat recht!
Was tun?

Pisthetairos: Erbaut euch eine Stadt für alle!

Wiedehopf: Wir Vögel eine Stadt bau'n? Wie denn das?

Pisthetairos: „Mein Gott, wie albern du nur reden kannst!"
Da schau hinab!

Wiedehopf: Ich schau'!

Pisthetairos: Nun schau hinauf!

Wiedehopf: Und nun?

Pisthetairos: Jetzt dreh den Hals herum!

Wiedehopf: Bei Zeus,
Es lohnt sich wohl, den Hals mir zu verrenken?

Pisthetairos: Was sahst du nun?

Wiedehopf: Die Wolken und den Himmel!

Pisthetairos: Das ist doch wohl der Staat der Vögel, nicht?

Wiedehopf: Was, Staat? Wie meinst du das?

Pisthetairos: Die Station,
Wo stattlich ausgestattet, was ihr wollt,
Ihr euch gestattet – sieh, das ist ein Staat!
Und baut ihr Häuser da und Mauern drum,
Dann habt ihr in dem Staat auch eine Stadt!
Heuschrecken sind dann gegen euch die Menschen,
Die Götter hungert ihr gut melisch aus –

Wiedehopf: Wie?

Pisthetairos: Zwischen Erd' und Himmel ist die Luft,
Nicht wahr? – Wie wir, wenn wir nach Delphi gehn,
Um freien Durchzug die Boioter bitten,
So, wenn die Sterblichen den Göttern opfern
Und die den Durchgangszoll euch nicht entrichten,
Laßt durch die Luftstadt ihr die fremde Ware,
Den Opferbratenduft, nicht mehr passieren.

Wiedehopf: Der Tausend auch!
Bei allen Netzen, Schlingen, Vogelstangen!
Ein beßrer Einfall kam mir nie zu Ohren!

Es gilt! Ich bau' mit dir die Stadt, wofern
Die andern Vögel einverstanden sind.

Pisthetairos: Wer stellt den Antrag ihnen vor?

Wiedehopf: Du selbst!
Durch langen Umgang bracht' ich den Barbaren –
Das waren sie – ein bißchen Sprache bei.

Pisthetairos: Kannst du sie denn zusammenrufen?

Wiedehopf: Leicht!
Ich gehe nur geschwind da ins Gebüsch
Und wecke meine Nachtigall; dann rufen
Wir ihnen, und sobald sie unsre Stimme
Vernehmen, eilen sie im Flug herbei.

Pisthetairos: Herzlieber Vogel, steh nicht müßig da,
Ich bitt' dich, geh nur gleich hier ins Gebüsch,
Geh schnell und wecke deine Nachtigall!

Wiedehopf *singt hinterm Busch*:
O Gespielin, wach auf und verscheuche den Schlaf,
Laß strömen des Liedes geweihte Musik
Aus der göttlichen Kehle, die schmelzend und süß
Um mein Schmerzenskind und das deine klagt
Und melodischen Klangs aushauchend den Schmerz,
Ach, um Itys weint!
Rein schwingt sich der Schall durch das rankende Grün
Zu dem Throne des Zeus, wo Phoibos ihm lauscht,
Der Goldengelockte, zu deinem Gesang
In die elfenbeinerne Harfe greift,

Zu deinem Gesange den schreitenden Chor
Der Unsterblichen führt;
Und weinend mit dir, einstimmig ertönt
Von dem seligen Mund
Der Unsterblichen himmlische Klage.

Flötenspiel hinter der Szene, Nachtigallentöne nachahmend

Pisthetairos: Welch Vogelstimmchen! Nein, das übertaut,
Bei Zeus! mit Honigseim den ganzen Wald.

Euelpides: Du –

Pisthetairos: Was beliebt?

Euelpides: Sei still doch!

Pisthetairos: Ei, warum?

Euelpides: Der Wiedhopf präludiert, es kommt noch eins!

Wiedehopf *singt unter Flötenbegleitung*:
Hup hup hup op op op, hup hup hup hup hup,
Juhu, Juhu! Heran, heran, heran!
Heran, ihr meine Mitgefiederten,
Was auf Ährengefilden den Kropf sich füllt!
Heran, ihr Gerstenpicker allzumal,
Körnerauflesende, flinke, geschmeidige,
Wohllautatmende Sänger,
Die ihr in Saatenfurchen
Trippelt, des feinen Stimmchens
Froh, behaglich also zwitschert:
Tiotio tiotio tiotio tiotio!

Ihr, die ihr in Gärten im Efeulaub
Verborgen nascht, auf den Bergen schwärmt,
Berberitzenverschlinger, Erdbeerenverschlucker,
Fliegt schleunig herbei auf meinen Ruf:
Trioto trioto totobrix!
Ihr, die ihr im Meer und in sumpfiger Schlucht
Stechfliegen erschnappt und vom Wiesentau
Benetzt durch die blumigen Auen streift
Und Marathons liebliche Gründe!
Komm, rotbehaubtes Haselhuhn!
„Kommt, die ihr über die Wogen des Meers
Fliegt mit den wandernden Halkyonen,“
Eilt zu vernehmen die Kunde, die neuste!
Sammelt, wir rufen euch, sammelt euch all'
Vom langhalsigen Stamme der Vögel!
Denn ein Greis ist gekommen, ein kluger Kopf,
Der ein neues Werk
Hat ausgeheckt, einen neuen Plan:
Drum kommt nun all' zur Beratung,
Kommet, kommet, kommet, kommet!
Toro toro toro torotix!
Kikkabau! Kikkabau!
Toro toro toro torolililix!

Pisthetairos *zu Euelpides*:
Du, siehst du einen Vogel?

Euelpides: Keinen Schwanz,
Obwohl ich offnen Mauls zum Himmel gaffe!

Pisthetairos: Der Wiedhopf, scheint's, hat hinterm Busch vergeblich
Gegluckst, gefalzt wie ein Auerhahn.

Ein Flammbart kommt durch das linke Tor in die Orchestra gelaufen

Flammbart: Torotix torotix!

Pisthetairos: Ei der Tausend, Freund, ein Vogel! Sieh, da rückt ein Vogel an!

Euelpides: Ei, ein Vogel! Was für einer, möcht' ich wissen: wohl ein Pfau?

Pisthetairos *während der Wiedehopf wieder hervorkommt*:
Der da wird's am besten wissen, was das für ein Vogel ist.

Wiedehopf: Das ist kein gemeiner Vogel, den ihr alle Tage seht –
Ein Sumpfvogel!

Pisthetairos: Alle Wetter, prächtig, purpurrot geflammt!

Wiedehopf: Ganz natürlich! Und deswegen ist er Flammbart auch genannt!

Ein Hahn tritt gravitätisch herein

Euelpides: Du – potz Wetter!

Pisthetairos: Nun, was schreist du?

Euelpides: Sieh, ein zweiter Vogel kommt!

Pisthetairos: Ja, bei Zeus! Wohl der, „der seine Heimat in der Fremde hat“?
Zum Wiedehopf
Du, „wer ist der seltsam stolze, bergaufsteigende Prophet“?

Wiedehopf: Dieser? Perservogel heißt er!

Pisthetairos: Perser? Beim Herakles, ei,
Sag, wie kommt er denn als Perser ohne sein Kamel daher?

Ein ruppiger Wiedehopf tritt auf

Euelpides: Sieh, da kommt ein Vogel wieder, einen Helmbusch auf dem Haupt!

Pisthetairos: Ei, wie sonderbar! So bist du nicht der einz'ge Wiedhopf hier?
Gibt's denn außer dir noch andre?

Wiedehopf: Der da ist Philokles' Sohn,
Wiedhopfs Enkel, sein Großvater bin ich selbst – gerade wie
„Hipponikos, Sohn des Kallias, Kallias, Hipponikos' Sohn".

Pisthetairos: Also Kallias ist der Vogel! Denn er mausert sich, sieh her!

Euelpides *zu dem zweiten Wiedehopf*:
Edler Mann, du kommst herunter, Sykophanten rupfen dich,
Und die letzten Federn raufen dir galante Dirnen aus!

Eine Kropfgans watschelt herein

Pisthetairos: Potz Poseidon! Welch ein Vogel, der in allen Farben spielt!
Nun, wie heißt denn dieser?

Wiedehopf: Kropfgans, der bekannte Nimmersatt.

Pisthetairos: Heißt denn Nimmersatt noch jemand anders als Kleonymos?

Euelpides: Der – Kleonymos? – Verloren hat er ja den Helmbusch nicht!

Pisthetairos: Überhaupt, was soll das Buschwerk auf dem Kopf des Federviehs?
Gibt's 'nen Wettlauf denn?

Wiedehopf: Sie machen's eben wie die Karier:
Auf den Hügeln unter Büschen sitzen sie vor'm Feind gedeckt.

Pisthetairos: Ach, Poseidon! Welches Vogelungewitter zieht sich, schau,
Dort zusammen!

Euelpides: Ach, Apollon! Wolk' an Wolke, Gott erbarm's!
Kaum vor flatterndem Gevögel ist der Eingang mehr zu sehn!

Der Chor der Vögel rückt ein

Pisthetairos: Dort ein Rebhuhn, ei der Tausend! Hier ein Haselhuhn! Und hier,
Sieh, da patscht 'ne Wasserente, ein Eisvogelweibchen dort!

Euelpides: Hinter diesem aber? –

Pisthetairos: Der dort? Ein Bartgeier wird es sein!

Euelpides: Heißt Bartgeier denn ein Vogel?

Pisthetairos: Heißt denn Sporgilos nicht so?
Siehst du dort die Eul'?

Euelpides: Ich bitte, „bringt man Eulen nach Athen"?

Pisthetairos: Elster, Turteltaube, Lerche, Weihrauchvogel, Käuzchen, Specht,
Turmfalk', Amsel, Taucher, Schnepfe, Adler, Häher, Auerhahn!

Euelpides: Ahi, was Federvieh!
Ahi, was Rabenvieh!
Wie sie piepsen, und wie alles kreischend durcheinanderrennt!
Weh! Mit offnen Schnäbeln drohend, mit ergrimmten Augen sehn
Sie mich an und dich –

Pisthetairos *ängstlich*: Wahrhaftig, ich bemerk' es ebenfalls.

Chor der Vögel *durcheinander schnarrend*:
Wo, wo, wo, wo, wo, wo ist er, der uns rief, wo horstet er?

Wiedehopf: Hier bin ich, wie immer euer treuer Freund, und warte längst.

Chor: We–we–we–we–we–we–welche Freundesbotschaft bringst du uns?

Wiedehopf: Eine schöne, kluge, biedre, süße, volksbeglückende!
Denn zwei Menschen, wackre Greise, sind gekommen, sind bei mir.

Aufruhr unter den Vögeln

Chor: Wo? Wie? Wa-was?

Wiedehopf: Von den Menschen, sag' ich, kamen zwei ergraute Männer her,
Und zu einem „Riesenwerke“ bringen sie den Bauplan mit.

Chorführer: Einen größern Frevler hab' ich, seit ich esse, nicht gesehn!
Nun, was sagst du?

Wiedehopf: Laß mich reden! Fürchte nichts!

Chorführer: Was tatst du uns?

Wiedehopf: Männer nahm ich auf, die gerne lebten im Verein mit uns!

Chorführer: Diese Tat hast du begangen?

Wiedehopf: Und ich freue mich der Tat!

Chorführer: Und sie sind schon hier? –

Wiedehopf: In eurer Mitte, so gewiß als ich!

Chor: Ach, ach!
Verkauft, verraten, geschändet sind wir!
Denn ein Bruder, ein Freund, der gemeinsam mit uns
Auf den Fluren sein Futter sich suchte,
Hat gebrochen das uraltheil'ge Gesetz,
Hat gebrochen den Eid der Vögel!
Hat ins Netz mich gelockt, mich dem argen Geschlecht
In die Hände geliefert, das, seit es erzeugt,
Mir nur Böses getan!

Chorführer: Nun, mit diesem Vogel reden wir dann später noch ein Wort!
Doch die beiden alten Sünder, denk' ich, züchtigen wir gleich.
Kommt, wir reißen sie in Stücke!

Allgemeine Aufregung

Pisthetairos: Weh, nun ist's um uns geschehn!

Euelpides: Ja, und du, du bist an allem diesem Unglück schuld! Warum
Hast du mich auch mitgenommen?

Pisthetairos: Nun, damit du bei mir bist!

Euelpides: Um es bitter zu beweinen!

Pisthetairos: Sieh, wie albern schwatzt du jetzt!

Euelpides: Albern?

Pisthetairos: Wein' einmal, nachdem sie dir die Augen ausgehackt!

Chor: Auf, auf!
Nun drauf und daran, und in grimmigem Sturm
Auf den Todfeind los, und umzingelt ihn rings,
Und schlagt ins Gesicht ihm die Flügel!
Laut heulen soll das verruchte Paar,
Ein Fraß für unsere Schnäbel!
Nicht der waldige Berg, nicht die Wolke der Luft,
Nicht das graue Gewässer des Meeres soll
Sie beschützen vor mir!

Chorführer: Nun, was zaudern wir noch länger? Beißt und kratzt und reißt und rupft!
He, wo ist der Hauptmann? – Dringe mit dem rechten Flügel vor!

Euelpides: Nun wird's Ernst! – Wohin entflieh' ich Armer?

Pisthetairos: Du, so halt doch stand!

Euelpides: Soll ich mich zerreißen lassen?

Pisthetairos: Hoffst du Narr denn, ihnen noch
Zu entwischen?

Euelpides: Wie? Das weiß ich freilich nicht!

Pisthetairos: So höre denn!
Laß uns kämpfen, unsre Töpfe halten wir in tapfrer Hand!

Euelpides: Und was soll der Topf uns helfen?

Pisthetairos: Daß uns keine Eule packt!

Euelpides: Wider diese krummen Krallen –?

Pisthetairos: Nimm den Bratspieß, stecke dran
Einen nach dem andern!

Euelpides: Sieh da, die Glotzaugen! Ach, was tun?

Pisthetairos: Nimm das Essigkrüglein oder hier die Schüssel, wehre dich!

Euelpides: Ei, Respekt vor deiner Klugheit! Ganz strategisch ausgedacht!
In Kriegs-Listen und Maschinen stichst du selbst den Nikias aus.

Chorführer: Hurra! Marsch! Bei Fuß den Schnabel! Vorwärts, vorwärts, drauf und dran!
Rupft, reißt, beißt, zerrt, stoßt, haut, raufet! Schlagt zuerst den Topf entzwei!

Wiedehopf *dazwischentretend*:
Sprecht, was fällt euch ein, was soll das, ungeschlachte Bestien ihr?
Morden wollt ihr Männer, die euch nichts getan, zerreißen wollt
Ihr Landsleute ohne Schonung, Blutsverwandte meiner Frau?

Chorführer: Was? Weswegen sollten ihrer mehr wir schonen als des Wolfs?
Haben wir denn schlimmre Feinde noch zu züchtigen als die?

Wiedehopf: Wenn sie aber, von Geburt zwar Feind, im Herzen Freunde sind,
Wenn, euch guten Rat zu geben, nur sie da sind, nun, wie dann?

Chorführer: Pah! Wie können die uns lehren oder guten Rat wohl gar
Uns erteilen, unsre Feinde, unsrer Ahnen Feinde schon?

Wiedehopf: Freunde! Kluge Leute lernen auch von ihren Feinden gern.
Vorsicht frommt in allen Stücken: von dem Freunde wirst du sie
Schwerlich lernen, doch die Feinde, ja die zwingen dich dazu.
Denn die Städte – nicht dem Freunde, nein, dem Feind verdanken sie's,
Wenn sie hohe Mauern bauen und Fregatten für den Krieg;
Daß sie's lernten, sichert ihnen Hab und Gut und Weib und Kind.

Chorführer: Ihrem Wort Gehör zu schenken, kann vorerst, wie mich bedünkt,
Uns nicht schaden: was Gescheites lernt man manchmal auch vom Feind.

Pisthetairos *zu Euelpides*:
Gut, ihr Zorn will, scheint's, sich legen. Weiche Schritt für Schritt zurück!

Wiedehopf *zum Chorführer*:
Das ist billig, und ihr könnt es *mir* auch zu Gefallen tun!

Pisthetairos *zu Euelpides*:
Sieh, sie ziehn's doch vor, in Frieden uns zu lassen: lege drum
Hin die Schüssel samt dem Topfe!
Mit dem Speer im Arm, dem Bratspieß,
Wollen wir auf und ab spazieren
Innerhalb des Waffenplatzes,
Nach dem Topf, des Lagers Marke,
Scharf hinsehend: Fliehn wär' Schande!

Euelpides: Meinst du? – Aber wenn wir fallen,
Wo zu Land wird unser Grab sein?

Pisthetairos: Auf dem Töpferplatz! – Damit man
Von Staats wegen uns bestattet,
Werden wir den Feldherrn sagen,
Daß wir kämpfend sind gefallen
In der Schlacht am ›Vogelsberg‹!

Chorführer: Zurück denn, und stellt euch in Reih und Glied,
Und die Lanze des Muts pflanzt neben dem Schild
Des Schlachtgrimms auf, wie im Feld der Soldat;
Wir verhören indessen die Männer da: wer
Und von wannen sie sind,
Und in welcherlei Absicht sie kommen?
Zum Wiedehopf
He, Wiedhopf, gib einmal Bescheid!

Wiedehopf: Bescheid? Was willst du wissen, sprich!

Chorführer: Wer sind die zwei da, und woher?

Wiedehopf: Gastfreund' aus Hellas' weisem Volk!

Chorführer: Welch Ungefähr führt sie denn
Beid' hierher ins Vögelreich?

Wiedehopf: Der Wunsch, mit dir, nach deiner Sitt'
Und Art zu leben allezeit!

Chorführer: So? Und was bringen sie da vor?

Wiedehopf: Unglaublich klingt es, unerhört!

Chorführer: Wie denken sie die Aufenthaltsbewilligung
Zu lohnen uns? Und wollen sie

Mit uns dem Feinde schaden und
Befördern ihrer Freunde Wohl?

Wiedehopf: Ein großes Glück verheißt er uns,
Unglaublich, unaussprechlich groß!
Daß rundum alles euch gehört,
Was unten, oben, rechts und links,
Das demonstriert er euch aufs Haar.

Chorführer: Ist er verrückt denn, der Tropf?

Wiedehopf: Oh, ein durchtriebener Kopf!

Chorführer: Sollte was hinter ihm sein?

Wiedehopf: Der ist verschlagen und fein!
Der Witz, der Kniff, der Pfiff, der Scharfsinn selbst!

Chorführer: Ich will ihn hören, ruf ihn gleich!
Was du da sagst – mich juckt's davon
Schon jetzt in allen Federn!

Wiedehopf *zu Pisthetairos und Euelpides*:
Wohlan denn du, und du, den Waffenplunder
Schafft weg und hängt zur guten Stund' ihn auf
Im Rauchfang, bei dem Bild des Feuergottes!
Du aber laß dein Wort, zu dem ich sie
Berief, uns hören: sprich!

Pisthetairos: Beim Phoibos, nein!
Wenn sie mit mir nicht eingehn den Vertrag,
Wie ihn mit seinem Weib der ›Affe‹ schloß,
Der Messerschmied: – mich nicht zu beißen, nicht

Am Hodensack zu zerren, nicht zu krabbeln
Mir da –

Chorführer: Dahinten? – Nein!

Pisthetairos: Am Auge, mein' ich!

Chorführer: Das geh' ich ein!

Pisthetairos: Beschwöre mir's!

Chorführer: Ich schwöre!
So wahr ich mit den Stimmen aller Richter
Und alles Volks zu siegen wünsch' –

Pisthetairos: Es gilt!

Chorführer: – Und halt' ich's nicht – mit *einer* Stimme nur!

Pisthetairos *zu Euelpides*:
Hört, Bürger und Soldaten, geht mit Wehr
Und Waffen jetzt nach Haus; und habt wohl acht
Des Maueranschlags, der das Weitre sagt!

Erster Halbchor: So verschlagen in allen Stücken auch der Mensch
Von Haus aus ist, doch will ich dich hören; sag an!
Denn wohl ist es möglich,
Daß du bessern Rat mir zu geben imstand bist,
Als ich selbst es vermöchte,
Und zu größerer Macht mir verhelfen kannst,
Die mein blöderer Geist nicht geahnt: drum rede!
Was Ersprießliches du uns
Zu verschaffen weißt – wir teilen es redlich!

Chorführer: Wohlan denn, was gab den Gedanken dir ein, was bewog dich, an uns dich zu wenden?
Das berichte getrost! Denn wir werden zuerst den geschloßnen Vertrag nicht verletzen!

Pisthetairos: Schon gärt mir's im Kopfe, beim Zeus, und der Teig zu der Rede, schon ist er im Gehen;
Jetzt ohne Verzug, jetzt knet' ich ihn aus! Einen Kranz her, Bursch, und ein Becken!
Komm, gieße das Wasser mir über die Hand –

Euelpides: Wie? Geht es zum Schmause denn, oder –

Pisthetairos *zu Euelpides*:
Nichts weniger! Nein, ich studiere schon lang auf ein mächtiges, schlagendes Kraftwort,
Zu erschüttern die Seele des Volks –
An den Chor
Ja seht, nur für euch bin ich also bekümmert,
Daß ihr, einst Könige –

Chorführer: Könige wir? Über was denn?

Pisthetairos: Könige, freilich,
Über alles, was lebt und webet, zuerst über mich, über den da,
auf Euelpides deutend ja Zeus selbst;
Denn älter, weit älter ist euer Geschlecht, als Kronos zusamt den Titanen
Und die Erde –

Chorführer: Die Erde?

Pisthetairos: Fürwahr, bei Apoll!

Chorführer: Ei, das erste Wort, das ich höre!

Pisthetairos: O Einfalt! Du hast dich nicht umgetan und deinen Aisop nicht gelesen,
Der es deutlich doch sagt, daß die Schopflerch' einst der erste der Vögel gewesen,
Eh' die Erde noch war! Und da sei ihr am Pips ihr Vater gestorben und habe
Fünf Tag' unbeerdigt gelegen, dieweil die Erde noch nicht existierte;
Aus Verzweiflung grub dann im eigenen Kopf sie ein Loch zu des Vaters Bestattung.

Euelpides: So liegt denn der Vater der Schopflerch' jetzt, der sel'ge, begraben im Schopfloch.

Pisthetairos: Und wenn sie nun lang vor der Erde, lang vor den Göttern gelebt, da gebührt doch
Als den Ältesten ihnen mit Fug und Recht die Gewalt und das Zepter der Herrschaft!

Euelpides: Beim Apollon, gewiß! Drum laß dir nur ja lang wachsen in Zukunft den Schnabel,
Denn das Zepter wird Zeus abtreten so schnell nicht dem tannenpickenden Schwarzspecht!

Pisthetairos: Daß wirklich nun aber die Götter nicht vorzeiten die Menschen beherrschten,
Daß die Vögel als Könige herrschten, dafür gibt's hundert und tausend Beweise.
So war, zum Exempel, vorzeiten der Hahn souveräner Regent und Gebieter

Im persischen Reich, vor den Fürsten lang, vor Dareios und Megabyzos,
Drum heißt er denn auch, weil er einst dort gebot, der persische Vogel noch heute.

Euelpides: Drum stolziert er auch noch auf den heutigen Tag mit der aufrecht spitzen Tiara
Auf dem Kopf umher, wie der große Schah, er allein von sämtlichen Vögeln.

Pisthetairos: So gewaltig war er, so mächtig und stark, daß heut noch, wenn mit dem Tag er
Sein Morgenlied kräht, die Schlafenden all', seiner sonstigen Größe gedenkend,
Aufspringen und rasch an die Arbeit gehn, die Töpfer, die Schmiede, die Gerber,
Mehlhändler, Barbierer und Schneider und Schuh- und Harfen- und Schildfabrikanten,
In die Schlappschuh' fahren im Dunkeln sie schnell und rennen –

Euelpides: Da hört ein Geschichtchen:
Mein Mantel von phrygischem Wollenzeug, durch den Gockel kam ich um diesen!
Ich war in die Stadt zu dem Namensfest eines Bübchens geladen, da trank ich
Mir ein Räuschchen und dämmert' allmählich ein, eh' die andern noch tranken: da kräht' er;
Ich, wähnend, es tag', geh' Halimos zu und laviere so grad' vor die Mauern
Hinaus: da versetzt mir ein Straßendieb mit dem Knüttel eins über

den Rücken:
Da lag ich im Dreck und versuchte zu schrein, doch davon war Mantel und Spitzbub!

Pisthetairos: Der Hellenen König und Herrscher, das war in selbigen Zeiten der Weihe!

Euelpides: Der Hellenen auch?

Pisthetairos: Und er führte zuerst als ihr Herr und Gebieter den Brauch ein,
Vor dem Weih' in den Staub sich zu werfen.

Euelpides: Ach ja, so warf ich mich selbst bei dem Anblick
Eines Weihen einmal in den Staub, und es fuhr, wie ich offnen Maules so dalag,
In den Hals mir hinunter mein Obolosstück: leer bracht' ich nach Hause den Schnappsack!

Pisthetairos: Im Ägyptenland und im weiten Gebiet der Phoinikier herrschte der Kuckuck,
Und sobald sein ›Kucku‹! der Kuckuck rief, da machten sich schnell auf die Beine
Die Phönizier all' und schnitten ihr Korn auf den Äckern, und Gersten und Weizen.

Euelpides: Potz Tausend! Da kommt wohl das Sprichwort her:
„Kuckuck, in das Feld, ihr Beschnittnen!“

Pisthetairos: So gewaltig regierten die Vögel im Land, daß, wo in den Städten von Hellas
Ein König noch war, Menelaos etwa, Agamemnon oder ein andrer,

Da saß auf dem Zepter ein Vogel ihm auch, um zu teilen mit ihm die – Schmieralien.

Euelpides: Von all dem wußt' ich kein Wörtchen und sah mit Verwundrung, wie mit dem Vogel
Auf dem Zepter hervor oft Priamos trat auf die Bühne: da stand er, der Vogel,
Und lauerte scharf dem Lysikrates auf, was er etwa bekam' an Schmieralien.

Pisthetairos: Doch das Schlagendste, Freunde, das kommt erst jetzt! Zeus selber, der Herrscher von heute,
Da steht er, der König der Könige, doch mit dem Vogel, dem Adler, zu Häupten;
Mit der Eule sein Kind, die Athene; sein Knecht und Getreuer Apoll mit dem Habicht.

Euelpides: Ganz richtig bemerkt: bei Demeter, so ist's! Doch wozu die Begleitung der Vögel?

Pisthetairos: Deshalb: wenn einer beim Opfern das Herz und die Leber, so wie es gebräuchlich,
In die Hand ihm drückt – daß sie selbst *vor* Zeus das Herz und die Leber sich nehmen! –
Bei den Göttern schwur kein Sterblicher sonst, jedmänniglich schwur bei den Vögeln;
Noch heut, wenn Lampon aufs Prellen ausgeht – nicht bei Zeus, er schwört bei dem Zeisig.
So hat man vorzeiten euch überall als heilig verehrt und gewaltig!
Jetzt sieht man für Tölpel, für Sklaven euch an
Und schlägt euch wie wütende Hunde tot

Und schießt nach euch in den Tempeln sogar!
Und die Vogelsteller, sie lauern euch auf
Mit Netz, Leimrute, mit Schling' und Garn,
Mit Dohne, mit Sprenkel und Meisenschlag.
Und sie fangen und bringen euch schockweis zu Markt,
Und da kommen die Käufer und greifen euch aus!
Und sie braten euch, Wetter! Und wären sie nur
Noch zufrieden, euch so zu servieren bei Tisch!
Da kommt noch geriebener Käse dazu,
Weinessig und Baumöl, Teufelsdreck
Und Honig und Speck, durcheinandergerührt,
Und die Sauce dann schütten sie siedendheiß
Euch über das Fell,
Als wär' es verstunkenes Luder!

Zweiter Halbchor: O wie schwer, o wie schwer das Wort aufs Herz mir fällt,
Das du, Alter, mir sagst! Ich beweine die Schmach
Und die Feigheit der Väter,
Welche so glänzende Hoheit, ererbt von den Ahnen,
Mir zum Schaden verscherzten.
Doch es führt ja so glücklich ein gutes Geschick
Dich als Retter mir jetzt und Beschirmer entgegen.
In die Arme dir sink' ich
Mit den Küchlein, um fortan im Frieden zu wohnen!

Chorführer: Nun erkläre dich aber, was müssen wir tun? Denn es lohnt nicht der Mühe zu leben,

Wenn wir unser erbeigenes Königtum, wie auch immer, nicht wiedererobern!

Pisthetairos: So vernehmt mein Wort: Eine Stadt muß erstehn zur Behausung sämtlicher Vögel;
Dann müßt ihr die Luft, den unendlichen Raum, müßt Himmel und Erd' ihr begrenzen,
Wie Babylon, rund mit Mauern umziehn, kolossal aus gebackenen Quadern!

Wiedehopf: Kebriones, ha! und Porphyrion! Welch himmelanstrebender Stadtbau!

Pisthetairos: Und sobald sie dann steht, die erhabene Stadt, dann verlangt ihr von Zeus, daß er abdankt,
Und will er nicht dran und schlägt er es ab und besinnt sich nicht gleich eines Bessern,
Dann erklärt ihr ihm selber den heiligen Krieg und verbietet den sämtlichen Göttern,
Durch euer Gebiet auf den Strich zu gehn mit himmelansteigender Rute,
Wie sie früher so oft eh'brecherisch geil zu Alkmene sich niederließen,
Zu Alope, Leda und Semele; und kommen sie dennoch, dann müßt ihr
Sie kurzweg infibulieren, damit sie die Weiberchen lassen in Ruhe.
'Nen Vogel schickt ihr dann ohne Verzug zu den Menschen hinab als Gesandten
Und gebietet: als Königen sollen sie *euch* von der Stund an opfern den Vögeln;

Und nach *euch* erst kriegen die Götter ihr Teil: und es steht dann geziemenderweise
Den Göttern stets ein Vogel zur Seit', wie er eben für jeglichen passend:
So, wer Aphroditen ein Opfer weiht, der streue dann Körner dem Sperling,
Und wer dem Poseidon ein Schaf darbringt, der bedenke die Ente mit Weizen,
Wer ein Rind dem Herakles, bediene zugleich mit Honigkrapfen die Kropfgans,
Wer dem Zeus als König 'nen Schafbock weiht – Zaunkönig ist ebenfalls König,
Und es ziemt sich, *vor* Zeus ihm den männlichen – Floh als hüpfendes Böcklein zu schlachten!

Euelpides: Ein ergötzlicher Spaß – der geschlachtete Floh! Ei, da schlage der Donner des Zeus drein!

Wiedehopf: Wie sollen denn aber für Götter und nicht für Dohlen die Menschen uns achten?
Wir fliegen und haben doch Flügel am Leib?

Pisthetairos: O Einfalt! Hat denn nicht Flügel
Auch Hermes und fliegt, und er ist doch ein Gott, und es fliegen der Götter noch viele,
Die Nike mit goldenen Schwingen, sie fliegt, und es fliegt doch, beim Zeus! auch der Eros,
Und „der schüchternen Taube vergleichbar" ist nach Vater Homeros die Iris?

Wiedehopf: Schlägt Zeus dann nicht drein mit dem Donnerkeil und schickt uns geflügelte Blitze?

Pisthetairos: Und wollen für nichts euch die Sterblichen dann, aus purer Beschränktheit, noch achten
Und für Götter dort oben nur die im Olymp, dann soll eine Wolke von Spatzen,
Ein fliegendes, körneraufpickendes Korps, wegschnappen die Saaten der Äcker;
Und metzenweis mag die Demeter dann an die Hungrigen Weizen verteilen.

Euelpides: Die läßt das wohl sein, gib acht, die ersinnt Ausreden und läßt sie verhungern!

Pisthetairos: Dann laßt ihr die Raben dem mageren Vieh, mit dem sie die Äcker bepflügen,
Und den Schafen aushacken die Augen, damit sie erkennen, wer Herr ist und Meister;
Und Apollon, der Arzt, er kuriere sie dann, wie er pflegt – für bare Bezahlung!

Euelpides: Nur ein bißchen noch wartet! Ich möchte nur erst meine Stierchen zuvor noch verkaufen!

Pisthetairos: Doch beten als Schöpfer und Gott sie dich an, als Poseidon, Kronos und Gaia,
Dann genießen sie Güter im Überfluß!

Wiedehopf: So nenne mir eines der Güter!

Pisthetairos: Nie werden den knospenden Reben fortan Heuschrecken die Augen zerfressen,

Denn Sperber und Eulen – nur *eine* Schwadron wird genug sein, sie zu vertilgen.
Gallwespen und Fliegen und andres Geschmeiß, sie benagen nicht länger die Feigen,
Denn die Krammetsvögel, ein einziger Schwarm – glattsauber putzt er die Bäume.

Wiedehopf: Wo kriegen wir aber den Reichtum her für die Menschen? Das ist ja ihr Liebstes!

Pisthetairos: Wer um Silberminen die Vögel befragt, – sie verleihn die ergiebigsten Schachte;
Wo die besten Geschäfte zu machen sind, durch die Seher erfährt er's von ihnen;
Nicht *ein* Seefahrer verunglückt mehr!

Wiedehopf: Nicht *einer?* Wie sollte das zugehn?

Pisthetairos: Ein Vogel wird jeden, sobald er ihn fragt, vor der Fahrt aufs beste beraten:
›Jetzt segle nicht ab: denn es droht dir ein Sturm!‹ – ›Du gewinnst: jetzt lichte die Anker!‹

Euelpides: Ei, da kauf ich ein Schiff mir und stech' in die See: ich verlass' euch, ich bleibe nicht länger!

Pisthetairos: Dann decken sie ihnen die Schätze auf, die die Leute vor alters verscharrten,
Voll blinkenden Silbers: sie wissen gar wohl, wo sie liegen, drum heißt es im Sprichwort:
„Ich hab' 'nen Schatz, und es weiß es kein Mensch wo er liegt: das weiß nur der Geier!"

Euelpides: Ich verkaufe mein Boot, schaff' Hacken herbei, und da grab' ich mir Töpfe voll Gold aus.

Wiedehopf: Wie verschaffen wir ihnen Gesundheit denn? Bei den Göttern ja wohnt Hygieia?

Pisthetairos: Wenn's ihnen nun aber recht grundwohl geht, das ist doch Gesundheit die Fülle!
Denn, sieh mal, geht es dem Menschen schlecht, dann fehlt die Gesundheit ihm vornweg!

Wiedehopf: Wo bekommen wir aber das Alter her? Denn das Alter ist auch im Olympos:
Dann sterben die Menschen als Kinder schon weg –

Pisthetairos: Mitnichten! Die Vögel, sie legen
Dreihundert Jahre den Menschen noch zu!

Wiedehopf: Und woher denn?

Pisthetairos: Woher? Von sich selber!
„Die krächzende Krähe", das weißt du doch wohl, „fünf Menschenalter durchlebt sie."

Euelpides *gegen das Publikum*:
Potz Wetter, das nenn' ich mir Könige, die weit besser als Zeus für uns taugen!

Pisthetairos *ebenso*:
Das mein' ich doch auch!
Wir brauchen da marmorne Tempel nicht mehr
Zu errichten für sie und Portale daran
Zu erbaun aus Gold: oh, die wohnen auch gern

Im Wacholdergebüsch und im Haselnußstrauch,
Und der Ölbaum wölbt sich zum heiligen Dom
Für die Allerhöchsten im Vogelreich.
Nach Delphi zu pilgern, zu Ammons Sitz
Und zu opfern daselbst, fällt keinem mehr ein:
Wir stellen uns mitten ins Dickicht hin
Von wilden Oliven und Erdbeergebüsch
Und streu'n Hanfkörner und Weizen für sie
Und flehn mit erhobenen Händen sie an
Um Geld und Gut, und das wird uns dann auch
Ohne weitres gewährt
Für die Handvoll Korn, die wir streuen!

Chorführer: Ehrwürdiger Greis, zum vertrautesten Freund aus dem bittersten Feind mir geworden,
Nie weich' ich von dir, treu werd' ich bei dir und deinen Entwürfen verharren!
Durch deiner Worte Kraft begeistert schwör'
Ich's heilig, und die Drohung sprech' ich aus:
Wenn du in heiliger Allianz
Mit mir zum Kampf auf Tod und Leben
Dich verbündest und treu
Wider die Götter mir hilfst,
Ein Herz und eine Seele, Freund,
Dann, Götter, sollt ihr länger nicht
Unser Zepter schänden!
Und das machen wir so: wo der rüstigen Kraft es bedarf, da postieren wir selbst uns;

Wo es aber zu denken, zu raten gilt, da vertrauen wir deinem Genie uns!

Wiedehopf: Nun aber ist, beim Zeus, nicht mehr zum Zaudern
Und Schlafen Zeit, zur Nikiasnickerei!
Wir müssen handeln, und das gleich! So tretet
Vorerst hier ein in meine Nestbehausung
Und nehmt vorlieb mit Halmen, Stroh und Reisig!
Ei, nennt uns doch auch eure Namen!

Pisthetairos: Gern,
Ich heiße Pisthetairos!

Wiedehopf: Schön! Und du?

Euelpides: Euelpides von Thria.

Wiedehopf: Seid mir beide
Willkommen!

Pisthetairos: Schönen Dank!

Wiedehopf: Nun tretet ein!

Pisthetairos: Geh du voran, wir folgen dir.

Wiedehopf: So kommt!

Pisthetairos: Halt! Du, wie ist denn das? – Komm doch zurück!
Wie können wir, die Unbeflügelten,
Mit euch denn leben, den Beflügelten?

Wiedehopf: Ganz gut!

Pisthetairos: Du weißt, wie übel in der Fabel
Aisops es jenem Fuchs ergangen ist,
Der mit dem Aar gemeine Sache machte!

Wiedehopf: Sei unbesorgt! Es gibt ein Würzelchen:
Das kaut ihr nur, dann seid ihr gleich beflügelt.

Pisthetairos: Nun denn, wir folgen!
Zu den Sklaven Du da, Manodoros
Und Xanthias, nehmt die Bagage mit!

Chorführer: Noch ein Wort, noch ein Wort, ei so höre doch!

Wiedehopf: Nun?

Chorführer: Du geleitest ins Nest sie, die Gäste,
Und bewirtest sie gut! Doch die Nachtigall, Freund, die süße Gespielin der Muse,
Die schick uns heraus zur Gesellschaft und laß mit der Holden uns spielen und scherzen!

Pisthetairos: O ja, bei Zeus, tu ihnen den Gefallen
Und lock das Vögelchen aus dem Gebüsch!

Euelpides: Ja, bei den Göttern, lock es her und gönn'
Auch uns den Anblick deiner Nachtigall!

Wiedehopf: Nun, wenn ihr wollt, so sei es!
Ruft ins Gebüsch Philomele,
Komm 'raus und zeige dich den werten Gästen!

Philomele tritt auf als Flötenspielerin, mit einer Vogelmaske

Pisthetairos: Großmächt'ger Zeus, welch niedlich Vögelchen,
Wie zart, wie weiß –

Euelpides: Ich sage dir, mit der
Probiert' ich schon vierfüßig eins zu spielen!

Pisthetairos: Was die mit Gold behängt ist! wie die Jungfrau!

Euelpides: Kaum halt' ich mich: ich muß, ich muß sie küssen!

Pisthetairos: Du Narr, sieh nur den Bratspießschnabel an!

Euelpides: Ich darf ihr nur die Eierschale da
Vom Köpfchen streifen – komm und laß dich küssen!

Wiedehopf *nimmt ihn am Arm*:
Gehn wir hinein!

Pisthetairos: Glück zu! Wir folgen dir!

Alle ab

Chor *singt*:
Liebliches Blondköpfchen,
Süßestes Vögelein,
Meiner Lieder Begleiterin,
Nachtigall, holde Gespielin!
Bist du's, bist du es, kommst du,
Bringst du mir süße Gesänge mit?
Komm und flöte mir himmlische
Frühlingstön'! Anapästische
Rhythmen laß uns beginnen!

Flötenspiel

Chorführer *an die Zuschauer*:
O ihr Menschen, verfallen dem dunklen Geschick, „den Blättern des Waldes vergleichbar“,

Ohnmächtige Zwerge, Gebilde von Lehm, traumähnliche Schattengestalten,
O ihr Eintagsfliegen, der Flügel beraubt, ihr erbärmlichverweslichen Wesen,
Jetzt lauschet und hört die Unsterblichen an, die erhabenen, ewiglich jungen,
Die ätherischen, himmlischen, seligen, *Uns*, die Unendliches sinnenden Geister,
Die euch offenbaren die Lehre vom All und den überirdischen Dingen:
Wie die Vögel entstanden, der Götter Geschlecht, und die Ströme, die Nacht und das Chaos:
Auf daß ihr erkennet, was ist und was war, und zum Geier den Prodikos schicket!
In der Zeiten Beginn war Tartaros, Nacht, und des Erebos Dunkel und Chaos;
Luft, Himmel und Erde war nicht; da gebar und brütet' in Erebos' Schoße,
Dem weiten, die schattenbeflügelte Nacht das uranfängliche Windei;
Und diesem entkroch in der Zeit Umlauf der verlangenentzündende Eros,
An den Schultern von goldenen Flügeln umstrahlt und behend wie die wirbelnde Windsbraut.
Mit dem Chaos, dem mächtigen Vogel, gepaart, hat *der* in des Tartaros Tiefen
Uns ausgeheckt und heraufgeführt zu dem Lichte des Tages, die Vögel.

Noch war das Geschlecht der Unsterblichen nicht, bis er alles in Liebe vermischte.
Wie sich eins mit dem andern dann paarte, da ward der Okeanos, Himmel und Erde,
Die unsterblichen, seligen Götter all! – Und so sind wir erwiesenermaßen
Weit älter, als alle Unsterblichen sind! Denn, daß wir von Eros gezeugt sind,
Ist sonnenklar: denn wir fliegen wie er und gesellen uns gern den Verliebten:
Manch reizenden Knaben, der kalt sich verschloß, hat nah an der Grenze der Jugend
Durch unsre Gewalt der verliebte Freund noch gewonnen durch Vögelpräsente:
Durch ein Perlhuhn oder ein Gänschen wohl auch, durch Wachteln und persische Vögel!
Was es Schönes auf Erden und Großes gibt, das verdanken uns alles die Menschen:
Wir verkünden die wechselnden Zeiten des Jahrs, den Frühling, den Sommer, den Winter:
Der Kranich, er mahnt euch zu säen im Herbst, wenn er krächzend nach Libyen wandert,
Und der Seemann hängt sein Steuer alsdann in den Rauch, um aufs Ohr sich zu legen:
Den Orestes heißt er sich weben ein Kleid, um im Frost es nicht stehlen zu müssen.
Kommt aber der Weih, so verkündet er nach dem Winter die mildere Jahrszeit,

Wo die Frühlingswolle den Schafen ihr müßt abscheren; die zwitschernde Schwalbe,
Die erinnert euch jetzt, zu vertrödeln den Pelz und ein sommerlich Röckchen zu kaufen;
Kurz, Ammon sind wir und Delphi für euch und Dodona und Phoibos Apollon!
Stets wendet ihr euch an die Vögel zuerst, eh' eure Geschäft' ihr besorget,
Als: Lohnarbeit und Kauf und Verkauf und Eheverlöbnis und Hochzeit.
Wer beißt euch die Mutter ins Bein und verheißt und beschert euch den Segen? – Der Storch ist's!
Gar manchem entschlüpft vor Verwund'rung ein ›Ei!‹ und ihr ›höret ein Vögelchen pfeifen‹;
›Das weiß nur der Geier!‹ bekennt ihr, und geht euch ein Licht auf, sagt ihr: ›Es schwant mir!‹
Erkennt ihr es endlich und seht ihr in uns den leibhaftigen Seher Apollon?
Nun wohlan! Wofern ihr als Götter uns ehrt,
Weissagende Musen dann habt ihr für Wind
Und Wetter, für Sommer und Winter und Lenz
Und die Kühle des Herbsts! Wir entlaufen euch nicht,
Wir setzen uns nicht vornehm und bequem
In die Wolken hinauf so breit wie Zeus;
Aus traulicher Nähe verleihen wir euch,
Euch selbst samt Kindern und Enkeln, Gedeih'n
Und Gesundheit die Füll',
Und Leben und Segen und Frieden und Ruh'

Und Vergnügen und Spaß und Jugend und Tanz,
Und Hühnermilch!
Ja, ihr werdet's, ihr all', aushalten nicht mehr
Vor Vergnügen und Lust:
So werdet ihr schwimmen im Reichtum!

Erster Halbchor *Gesang mit Flötenbegleitung*:

Melodienreiche – *Die Nachtigall fällt ein*
Tiotio tiotio tiotio tiotinx!
Muse des Hains, mit der ich oft
In den Tälern und hoch auf waldigen Bergen – *Wie oben*
Tio tio tiotinx!
Schaukelnd im schattigen Laube der Esche mein Lied –
Tiotio tiotio tiotinx!
Aus der Tiefe der Brust ausströmte, den Pan
Feiernd mit heiligem Sang und die hehre
Bergedurchschwärmende Mutter der Götter, –
Tototo tototo totototinx!
Dort, wo gleich der Biene schwärmend
Phrynichos einst sich gepflückt
Des Gesanges ambrosische Frucht, der Sänger
Unerschöpften Wohllauts!

Chorführer *an die Zuschauer*:

Hat von euch Zuschauern etwa einer Lust, sein Leben froh
Mit den Vögeln hinzuspinnen? – Macht euch auf und kommt zu uns!
Denn was hierzulande schändlich und verpönt ist durchs Gesetz,
Das ist unter uns, den Vögeln, alles löblich und erlaubt.

Wenn es hier für Infamie gilt, seinen Vater durchzubleu'n,
Ei, bei uns, da gilt's für rühmlich, wenn der Sohn den Vater packt,
Tüchtig prügelt und noch auslacht: ›Wehr dich, wenn du Sporen trägst!‹
Ist bei euch gebrandmarkt einer als ein durchgebrannter Sklav',
Der erhält bei uns den Namen: buntgefleckter Pelikan;
Und wenn unter euch ein Myser etwa ist, wie Spintharos,
Der passiert bei uns als Meise, von Philemons Vetterschaft.
Wer ein Sklav' ist und ein Karer, gleich dem Exekestides,
Mag mit uns als Gimpel leben, und da hat er Vettern g'nug.
Wer, wie Peisias' Sohn, den Frevlern heimlich öffnen will das Tor,
Ein Zaunschlupfer mag er werden, seines Vaters würd'ge Brut;
Denn bei uns – wer wird ihn schelten, wenn er durch die Zäune schlüpft?

Zweiter Halbchor *Gesang*:

Und Schwäne stimmten –
Tiotio tiotio tiotiotinx!
Lieder mit an und jauchzten laut,
Mit den Flügeln schlagend zum Preis des Apollon, –
Tiotio tiotio tiotinx!
Ruhend am Ufer, den flutenden Hebros entlang;
Tiotio tiotio tiotinx!
Und es schwang ihr Gesang sich zum Äther empor:
Tiere des Waldes, sie lauschten und stutzten,
Spiegelhell ruhten, geglättet die Wogen –
Tototo tototo totototototinx!
Widerhallte der ganze Olympos,
Staunen ergriff auf dem Thron

Die Götter, die Grazien stimmten mit ein
Und Musen in den Jubel!

Chorführer *an die Zuschauer*:

Nichts ist schöner, nichts bequemer, glaubt mir, als geflügelt sein!
Posito, ihr hättet Flügel, und gelangweilt fühlte sich
Ein Zuschauer hier, aus purem Hunger, durch ein Trauerspiel:
Nun, der flöge schnell nach Hause, nähm' ein Gabelfrühstück ein,
Und mit vollem Magen käm' er dann im Flug hierher zurück.
Wenn ein Patrokleides unter euch in Leibesnöten ist,
Braucht er's nicht ins Hemd zu schwitzen: ›Platz, ihr Herrn!‹ – er fliegt davon,
Dampft sich aus, und wohlgelüftet kommt er flugs hierher zurück.
Wenn – ich meine nur – in eurer Mitt' ein Ehebrecher sitzt,
Und er sieht den Mann der Dame auf den Ratsherrnbänken hier,
Über euren Häuptern fliegt er auf der Liebe Schwingen weg,
Protzt schnell ab und ist im Umsehn wieder hier auf seinem Platz!
Flügel zu besitzen – kennt ihr, sagt es selbst, ein schöner Glück?
Hat Diitrephes, der Flügel nur aus Flaschenbast besaß,
Doch zum Hauptmann, Reiteroberst sich erhoben, ist aus nichts
Nun ein großer Mann geworden, wie ein Roßhahn aufgebläht!

Zweite Szene

Der Chor. Pisthetairos** und **Euelpides**, beide mit Vogelmasken und Flügeln. Später nacheinander: Ein **Priester**, ein **Poet**, ein **Wahrsager**, **Meton**, ein attischer **Kommissär**, ein **Ausrufer

Pisthetairos *lachend*:
Das wär' vorüber! – Aber nein, bei Zeus,
So spaßhaft hab' ich doch noch nichts gesehn!

Euelpides: Was lachst du?

Pisthetairos *lachend*: Die improvisierten Flügel! –
Du, weißt du, wem du gleichst mit deinen Federn?
'Ner Gans, die roh ein Maler hingekleckst!

Euelpides: Du einer Amsel mit gerupftem Kopf!

Pisthetairos: So sind wir denn, nach Aischylos, jetzt Vögel,
„Durch fremdes nicht, durch eigenes Gefieder,"

Chorführer: Was muß denn jetzt geschehn?

Pisthetairos: Vor allem geben
Der Stadt wir einen Namen, groß und prächtig!
Dann opfern wir den Göttern!

Chorführer: Meinetwegen!
Laßt sehn, wie nennen wir die Stadt denn gleich?

Euelpides: Wollt ihr was Großes, was Lakonisches?
Benennen wir sie Sparta?

Chorführer: Nein, da sei
Herakles vor! Wer spart da, wo es gilt
Zu baun der Vögel stolze Residenz?

Euelpides: Nun, welchen Namen willst du denn?

Chorführer: Er muß
Hoch in die Wolken, in den Weltraum ragen,
– Ein rechtes Maul voll!

Pisthetairos *der indessen nachdenklich gestanden, ruft plötzlich*:
Wolkenkuckucksburg?
Nicht wahr?

Chor: Ja, Wolkenkuckucksburg! Juhe!

Chorführer: Prachtvoller Name, den du da gefunden!

Euelpides: Ist das dasselbe Wolkenkuckucksburg,
Wo so viel Land Theagenes besitzt
Und Aischines sein Erbgut?

Pisthetairos: Ja, wenn nicht
Dort liegt das Phlegrafeld, wo einst die Götter
Großmäulig die Titanen niedertrumpften!

Chorführer: Ha, eine „fette" Stadt! Wer wird denn auch
Ihr Schutzpatron? Wem wirken wir den Peplos?

Pisthetairos: Ich denke, wir behalten die Athene!

Euelpides: Wie kann denn Ordnung sein in einer Stadt,
Wo eine Göttin steht, ein Weib, in Waffen
Bis an die Zähn' – und Kleisthenes am Webstuhl?

Pisthetairos: Wer schirmt die Mauer, die pelargische?

Chorführer: Der Unsern einer, persischen Geblüts,
Ein Vogel, weltbekannt als hitz'ger Degen,
Des Ares Küchlein!

Euelpides: Küchlein, hoher Gott,
Wie thronst du passend auf der Felsenzinne!

Pisthetairos *zu Euelpides*:
Hör, Freund, du mußt jetzt in die Luft hinauf!
Geh dort den Maurern an die Hand, zieh aus
Den Rock, und trage Stein' und rühre Kalk,
Den Kübel trag hinauf, und fall die Leiter
Herab, stell Wachen aus, hab acht aufs Feuer,
Geh mit der Schell' herum, und schlaf dabei,
Schick einen Herold zu den Göttern droben,
Und an die Menschen drunten einen zweiten,
Und dann zurück, meinthalb, zu mir –

Euelpides *in den Bart murmelnd*: Und du
Bleib hier meinthalb und hole dich der –

Pisthetairos: Bester,
Tu, wie ich sag': es geht nicht ohne dich!
Euelpides ab
Ich aber will den neuen Göttern opfern
Und zur Prozession den Priester rufen.
Abgehend zu den Sklaven
Weihwasser, Bursch, und bring' den Opferkorb!

Der Priester *kommt mit Pisthetairos*:
Ich bin dabei, ich steh' zu Dienst;
Ja, den Vorschlag heiß' ich gut:
Laßt uns in festlichem Zug
Wallen den Göttern zu Ehren!
Und ich denke, wir schlachten auch ihnen zum Dank

Einen stattlichen Bock!

Zum Raben, der als Flötenspieler fungiert

Voran, voran denn, pythisch Flötenspiel!

Mitpfeifen mag auch Chairis!

Pisthetairos *zum Raben*:

Hör auf zu blasen! Wetter, was ist das?

Beim Zeus, ich sah schon viel' und närr'sche Dinge,

Doch einen Maulkorbrabenspielmann nie!

Zum Priester

Auf, Priester, opfre jetzt den neuen Göttern!

Priester: Sogleich! Wo ist der Bursche mit dem Korbe?

Der Sklave mit dem Korb tritt vor den Priester, nimmt Fleisch usw. heraus

Jetzt betet zur geflügelten Hestia

Und zum herdbeschirmenden Weihen,

Zu den olympischen Vögeln

Und Vögelinnen,

Zu jeder und jedem .....

Pisthetairos: Heil dir auf Sunion, Seeschwallbeherrscher!

Priester: Und zum pythischen und zum delischen Schwan,

Zur ortygischen Wachtel Leto,

Und zur Waldschnepfe Artemis .....

Pisthetairos: Waldfürstin einst, Waldschnepfe jetzt, erhör uns!

Priester: Und zu dem Spatzen Sabazios,

Und zur Straußin, der großen

Mutter der Götter und Menschen .....

Pisthetairos: ... Und Kleokrits! Heil, Straußin Kybele!

Priester: Verleiht den Wolkenkuckucksburgern
Gesundheit, Heil und Segen,
Ihnen und den Chiern!

Pisthetairos *lachend*:
Die Chier sind doch immer hinten dran!

Priester: Betet auch zu den Vogelhero'n und ihren Sprossen,
Zum Strandreiter und zum Pelikan,
Zum Steißfuß und zur Kropfgans,
Zum Perlhuhn und zum Pfauen,
Zum Kauz und zur Trappe,
Zum Krabbentaucher, zum Reiher,
Zum Urubu und zum Luruku,
Und zum Kohlmeis'chen –

Pisthetairos: Zum Geier, schweig mit deinem: zumzumzum!
Schau doch das Opfer an, zu dem du Narr
Steinadler lädst und Falken! Siehst du nicht:
Ein einz'ger Weihe fräße das ja auf!
Geh fort mit deiner Priesterbinde, geh!
Ich will das Opfer schon allein verrichten.

Priester ab

Pisthetairos *beginnt die Zeremonie wieder*:
So will ich denn ein ander Lied
Singen zur Besprengung
Mit dem heil'gen Wasser und laut
Feierlich rufen die Götter –
Oder einen zum wenigsten, denk' ich, wofern

Noch das Futter reicht!
Denn was an Opferstücken hier zu sehn,
Ist nichts als Haut und Knochen!
Betend und den Weihkessel schwingend
Laßt betend uns den Vogelgöttern opfern ......

Ein Bettelpoet *langhaarig und zerlumpt, tritt auf und singt*:
Wolkenkuckucksburg, die beglückte Stadt,
Preise mir, Muse,
Mit deiner Hymnen Wohllaut ......

Pisthetairos: Was kommt da für ein Wesen? Kerl, wer bist du?

Poet: Ich bin ein honigsüßengesangausströmender
„Eifriger Diener der Musen –“
Mit Homeros zu sprechen!

Pisthetairos: Wie kommst du denn als Knecht zu langem Haar?

Poet: Nicht doch! Wir all', des Gesanges Meister,
Sind „eifrige Diener der Musen“ –
Mit Homeros zu sprechen!

Pisthetairos: Dein Flaus hat auch schon lang gedient: man sieht's!
Nun sprich, Poet, was Henkers führt dich her?

Poet: Ich hab' auf eure Wolkenkuckucksburg
Viel Oden, Hymnen, Jungfraunchör' ersonnen,
Prachtvoll, im Stile des Simonides.

Pisthetairos: Wann hast du angefangen, die zu machen?

Poet: Schon lang, schon lang besing' ich eure Stadt!

Pisthetairos: Was? Feir' ich denn nicht just ihr Namensfest
Und sage, wie das Kindlein heißen soll?

Poet *singt*:
Aber geschwind eilen die Kunden der Musen,
Gleich wie ein Renner blitzend dahinfährt!
Du nun, „o Vater, Gründer von Aitna,
Hieron, Name voll heiligen Klangs,
O ich bitte dich, gib,
Was du gnädig mir willst
Mit dem Haupte zunicken, o gib, gib, gib!"

Pisthetairos: Der Kerl inkommodiert uns nur! Am besten,
Man gibt ihm was, so werden wir ihn los.
Zu einem Sklaven
He du, du hast ja Rock und Lederwams,
Zieh's aus und gib's dem genialen Dichter!
Zum Poeten
Da, frostiger Geselle, nimm das Wams!

Poet *es anziehend*:
Ungern nicht empfäht das Geschenk,
Freundlich und hold die Muse;
Aber vernimm und beherzige jetzt
Dieses pindarische Lied!

Pisthetairos: Ich sehe schon, der geht noch nicht vom Platz!

Poet: „Unter nomadischem Skythenvolk
Irrt Straton umher,
Der ein ›wollegewoben Gewand‹ nicht sein nennt!

Ruhmlos geht“ ohn' Weste das Wams –
„Aber du wirst mich verstehn!“

Pisthetairos: Versteh! Du willst 'ne Unterweste –
Zum Sklaven zieh
Sie aus! Die Künstler muß man unterstützen!
Zum Poeten
Da nimm und geh jetzt!

Poet: Ja, ich geh' von hinnen!
Und komm' ich in die Stadt, dann sing' ich freudig:
›Preis', o König auf goldenem Thron,
Preise die fröstelnde, schnatternde!
Zu dem schneeumwehten, besäten Gefild
Schwang ich mich auf: Trala!‹

Pisthetairos: Ei nun, der Schwank beschützt dich doch vorm
Schnattern,
Indem du hier zu Wams und Weste kamst!
Poet ab. Zum Sklaven
Schwing' wieder den Weihkessel jetzt im Kreis!
Andächt'ge Stille!

Ein Wahrsager *rennt herein*:
Opfre nicht den Bock!

Pisthetairos: Wer bist du?

Wahrsager: Ich? Ein Seher.

Pisthetairos *drohend*: Sieh *dich* vor!

Wahrsager: Tollkühner, spaße nicht mit Göttlichem! –
Hört einen Spruch von Bakis, der bezieht
Sich grad auf Wolkenkuckucksburg! –

Pisthetairos: Warum
Hast du ihn nicht, eh' ich die Stadt gebaut,
Verkündigt?

Wahrsager: Weil der Gott es mir verbot!

Pisthetairos: Nun, ist es uns vergönnt, den Spruch zu hören?

Wahrsager *zieht eine Rolle hervor und liest*:
„Aber wenn Wölfe dereinst und schwärzliche Krähen zusammen
Wohnen inmitten des Raums, der Sikyon trennt von Korinthos –"

Pisthetairos: Was gehn mich hier denn die Korinther an?

Wahrsager: Der Luftraum ist's, den Bakis angedeutet!
Liest weiter
„Opfre zuerst der Pandora den schneeweißwolligen Widder,
Aber dem ersten sodann, der dir mein Orakel verkündet,
Schenke dem Seher ein schmuckes Gewand und neue Sandalen –"

Pisthetairos: Stehn die Sandalen drin?

Wahrsager: Da sieh ins Buch!
„Reiche den Becher ihm dar und fülle mit Fleisch ihm die Hände –"

Pisthetairos: Steht auch vom Fleisch was drin?

Wahrsager: Da sieh ins Buch!
Liest
„Tust du nach meinem Gebot und folgst mir, o göttlicher Jüngling,
Wirst du ein Aar in den Wolken! Doch wenn du die Gabe

verweigerst,
Wirst du nicht Fink und nicht Spatz, nicht Adler, noch Falke, noch Grünspecht!“

Pisthetairos: Das alles steht darin?

Wahrsager: Da sieh ins Buch!

Pisthetairos: Seltsam! Ganz anders lautet das Orakel,
Das ich bei Phoibos selbst mir aufgeschrieben.
Liest von seinem Stock ab
„Aber wenn frech ein Gauner, ein ungebetner Schmarotzer,
Opfernde stört und begehrt von dem Opfer das Herz und die Leber,
Klopfe den Raum ihm durch, der die Schulter trennt von der Schulter!“

Wahrsager: Ein schaler Spaß von *dir!*

Pisthetairos: Da sieh ins Buch!
Liest
„Schone des Lästigen nicht, noch des Adlers in Wolken, und wär's auch
Lampon oder sogar der große Prophet Diopeithes!“

Wahrsager: Steht alles das darin?

Pisthetairos: Da sieh ins Buch –
Und geh zum Henker! *Prügelt ihn*

Wahrsager: Ich geschlagner Mann! *Ab*

Pisthetairos: Nun lauf woanders hin und prophezeie!

Meton tritt auf mit geometrischen Instrumenten

Meton: Ich such' euch heim –

Pisthetairos: Schon wieder so ein Unhold?
Was willst du hier? Was brütet dein Gehirn?
Was führt dich im Kothurnschritt her zu uns?

Meton: Vermessen will ich euch das luft'ge Land
Und juchartweis' verteilen –

Pisthetairos: Alle Wetter!
Wer bist du?

Meton: Wer ich bin? Ich? – Meton, den
Ganz Hellas und Kolonos kennt!

Pisthetairos: Sag an,
Was hast du da?

Meton: Das Meßzeug für die Luft!
Denn schau: die Luft ist an Gestalt durchaus
Backofenähnlich. – Nehmen wir das Reißzeug
Und setzen hier den krummgebognen Fuß
Des Zirkels ein – verstehst du?

Pisthetairos: Nicht ein Wort!

Meton: Nun leg' ich an das Lineal und bild'
Ein Viereck aus dem Kreis – hier in die Mitte
Da kommt der Markt, und alle Straßen führen
Schnurgrad zum Mittelpunkt und gehn wie Strahlen
Von ihm, als kugelrundem Stern, gradaus
Nach allen Winden –

Pisthetairos: Hört! Ein zweiter Thaies! –
Meton!

Meton: Was gibt's?

Pisthetairos: Ich mein' es gut mit dir:
Drum folge mir und mach dich aus dem Staub!

Meton: Ist hier Gefahr?

Pisthetairos: Man treibt hier, wie in Sparta,
Die Fremden aus! Schon mancher ward beseitigt,
Und Prügel regnet's in der Stadt! –

Meton: Ein Putsch?
Rebellion?

Pisthetairos: Nicht doch!

Meton: Was denn?

Pisthetairos: Einmütig
Beschlossen ist's – Windbeutel auszustäupen!

Meton: So muß ich mich zurückziehn?

Pisthetairos: Leider ist's
Vielleicht zu spät!
Schlägt ihn Schon pfeift dir's um die Ohren!

Meton: Ach Gott, ach Gott! *Zieht ab*

Pisthetairos: Hab' ich dir's nicht gesagt?
Vermiß du jetzt woanders, du Vermeßner!

Ein Kommissär tritt auf

Kommissär: Wo ist der Resident –?

Pisthetairos: Wer ist denn dieser
Sardanapal?

Kommissär: Der Kommissär, gewählt
Für Wolkenkuckucksburg.

Pisthetairos: Der Kommissär?
Wer schickt dich her?

Kommissär: Der Wisch da, ausgefertigt
Von Teleas –

Pisthetairos: Ei, willst du nicht den Sold
Einstreichen gleich, die Zeit und Mühe sparen,
Und gehn?

Kommissär: Nun ja! Zur Volksversammlung sollt'
Ich ohnehin, für Pharnakes zu wirken!

Pisthetairos *prügelt ihn*:
So packe dich, da hast du deinen Sold!

Kommissär: Was soll das?

Pisthetairos: Wirken soll's für Pharnakes!

Kommissär *zum Chor*:
Man schlägt den Kommissär, ihr seid mir Zeugen!

Pisthetairos: Willst du dich schieben, du mit deinen Urnen?
Kommissär ab
Ist's nicht empörend? Kommissäre schicken
Sie in die Stadt, noch eh' sie eingeweiht?

Ein Ausrufer tritt auf und liest aus einer Rolle

Ausrufer: „Und so ein Wolkenkuckucksburger einen
Athener injuriiert –"

Pisthetairos: Was ist das? Wieder so ein Schelmenbuch?

Ausrufer: Gesetze hab' ich feil, die allerneusten
Euch anzubieten kam ich her.

Pisthetairos: Zum Beispiel?

Ausrufer: „In Wolkenkuckucksburg soll gelten gleiches
Maß und Gewicht und Recht
Wie zu Heulenburg!"

Pisthetairos *droht ihm mit dem Stock*:
Du kriegst dein Maß nach Beulenburgschem Recht!

Ausrufer: Mir dieses?

Pisthetairos: Pack dich fort mit den Gesetzen,
Sonst lehr' ich dich ein bitterböses kennen!

Prügelt ihn. Der Kommissär kommt zurück mit einem Zeugen

Kommissär: Den Pisthetairos lad' ich wegen Realinjurien
Vor auf den Monat Munichion!

Pisthetairos: Du? Alle Wetter! Bist du auch noch da?
Prügelt ihn

Ausrufer: „So aber jemand Staatspersonen nicht respektiert
Und fortjagt, der, laut Anschlag an die Säule –"

Pisthetairos: Das ist zum Bersten! So, auch du noch da?

Ausrufer flieht

Kommissär: Wart nur! Zehntausend Drachmen sollst du mir –

Pisthetairos: Ich reiß' dir dein Dekret in tausend Fetzen!

Kommissär: Denkst du daran, wie nachts du an die Säule – –

Pisthetairos: Haha! Nun packt ihn! Willst du halten, Schurke?
Kommissär ab
Nun laßt uns aber unverzüglich gehn
Und drin im Haus den Bock den Göttern opfern! *Ab*

Erster Halbchor: Opfer und Gelübde weih'n
Nun dem Allsehendallgewalt'gen,
Mir fortan die Sterblichen!
Denn den Erdball überschau' ich
Und beschirme Blut' und Frucht;
Ungeziefer aller Art
Rott' ich aus, das jeden Keim,
Wie er aufschießt aus dem Grund, mit gefräß'gem Zahn benagt
Auf den Bäumen sitzt und frißt, bis sie abgeleert und kahl;
Alles töt' ich, was die grünen
Gärten schändet, arg verwüstet;
Alles Gewürm, was kreucht und schleicht,
Ist des Tods, soweit der Schwung
Meiner Fittiche mich trägt!

Chorführer *an die Zuschauer*:
Eben heut wird durch den Herold öffentlich bekanntgemacht:
„Wer Diagoras, den Melier, totschlägt, der bekommt dafür
Ein Talent; und wer der toten Volkstyrannen einen noch
Toter schlagen wird, auch dieser soll bekommen ein Talent!"
Wir nun unsrerseits, wir machen öffentlich bekannt, wie folgt:
„Wer Philokrates, den Finkler, totschlägt, der erhält zum Lohn

Ein Talent, und wer anhero ihn lebendig liefert: vier;
Weil er Finken faßt an Schnüre und für einen Obolos
Sieben gibt, und Drosseln scheußlich aufbläst und zu Markte bringt,
Und den Amseln ihre Flügel in die Nasenlöcher steckt;
Item, weil er freie Tauben fängt und in Verschläge sperrt
Und sie, selbst gebunden, andre in das Garn zu locken zwingt!
Solches tun wir euch zu wissen! Wer Geflügel hält im Hof
Eingeschlossen, fliegen lassen soll er's! So gebieten wir!
Und gehorcht ihr nicht, dann fangen *wir*, die Vögel, euch: auch ihr
Sollt alsdann bei uns gebunden Menschen locken in das Garn!“

Zweiter Halbchor: Flaumbedecktes Vogelvolk,
Glücksel'ges, das im Winter nicht
Mäntel umzuwerfen braucht;
Und es sengt uns nicht des Sommers
Alldurchleuchtend heißer Strahl!
Auf den Blumenmatten wohn' ich,
In der Blätter grünem Schoß,
Während auf dem Feld ihr Lied die Zikade, gotterfüllt,
In der Mittagsschwüle Glut, sonnetrunken, schrillend zirpt.
Winters wohn' ich dann in Grotten,
Spiele mit des Waldes Nymphen,
Aber im Frühling naschen jungfräuliche,
Weiße Myrtenbeeren wir
In den Gärten der Grazien!

Chorführer *an die Zuschauer*:
Noch ein Wort, des Preises wegen, an die Richter richten wir:
Krönt ihr uns, jedwedem schenken wir des Guten Fülle dann;

Zehnmal schönre Gaben werden euch, als Paris einst empfing:
Niemals soll es – was bekanntlich Richtern über alles geht –
Niemals euch an lauriotschen Eulen fehlen: ja, sie baun
Dann ihr Nest bei euch und hecken, legen in den Beutel euch
Eier, und als Küchlein schlüpfen lauter junge Dreier aus.
Ferner sollt ihr, wie in Tempeln, wohnen: denn wir setzen euch
Auf den Giebel eurer Häuser einen Adler obenauf.
Fällt durchs Los euch zu ein Ämtchen, und ihr sacket gern was ein,
Spielen wir euch an die Hände eines Habichts flinke Klau'n.
Eßt ihr wo zu Gaste, geben wir euch Vogelkröpfe mit. –
Aber wollt ihr uns nicht krönen, setzt dann nur Blechhauben auf,
Den Statuen gleich, und jeder unter euch, der keine trägt,
Wird gerad, wenn er im weißen Mantel prangt, wie er's verdient,
Vom gesamten Volk der Vögel überschissen um und um!

Dritte Szene

Der Chor. Pisthetairos. *Dann:* ***Boten. Iris. Ein Herold. Ein ungeratener Sohn. Kinesias. Ein Sykophant***

Pisthetairos: Das Opfer lief noch günstig ab, ihr Vögel! –
Warum vom Mauerbau kein Bote noch
Uns Meldung bringt, wie's droben steht? – Doch sieh,
Da kommt ja mit Alpheioshast schon einer!

Ein Vogel tritt auf als Bote

Bote *keuchend*:
Wo, wo, wo ist, wo ist er wohl, wo ist
Der Archon Pisthetairos?

Pisthetairos: Hier bin ich!

Bote: Die Mauer ist gebaut!

Pisthetairos: Willkommne Botschaft!

Bote: Ein Wunderwerk von kolossaler Pracht,
So breit, daß drauf Proxenides aus Prahlheim
Und Held Theagenes mit zwei Karossen
Und Rossen, wie das troische, bequem
Vorüber aneinander jagen –

Pisthetairos: Oh!

Bote: Die Höh' – „ich hab' sie selber ausgemessen" –
Ist hundert Klafter!

Pisthetairos: Hoch, erstaunlich hoch!
Wer hat denn dieses Riesenwerk erbaut?

Bote: Die Vögel! – Kein ägypt'scher Ziegler half,
Kein Zimmermann, kein Steinmetz! – Sie allein
Mit eigner Hand vollbrachten's! Staunend sah ich's:
Es kamen dreißigtausend Kraniche
Aus Libyen, mit Grundsteinen in den Kröpfen,
Die von den Schnärzen dann behauen wurden;
Backsteine lieferten zehntausend Störche,
Und Wasser trugen in die Luft hinauf
Die Taucher und die andern Wasservögel.

Pisthetairos: Wer trug den Lehm denn ihnen zu?

Bote: Die Reiher,
In Kübeln –

Pisthetairos: Und wie füllten sie sie denn?

Bote: Gar sinnreich, Bester, stellten sie das an!
Die Gänse patschten, mit den Füßen schaufelnd,
Drin 'um und schlenkerten ihn in den Kübel.

Pisthetairos: „Was alles doch die Füße nicht vermögen!“

Bote: Ja selbst die Enten schleppten, hochgegürtet,
Backstein'; und hintendrein, mit Kellen oben
Am Rücken, wie Lehrbuben, und die Schnäbel
Voll Lehm – so kamen Schwalben angeflogen.

Pisthetairos: Wer wird jetzt noch zum Bau'n Taglöhner dingen? –
Doch sagt, wer hat die Zimmerarbeit denn
Gemacht?

Bote: Die Zimmerleute waren Vögel,
Geschickte Tannenpicker: die behackten
Das Holz zu Flügeltüren, und das pickte
Und sägt' und hämmerte, wie auf der Schiffswerft.
Und nun ist alles wohlverwahrt mit Toren,
Mit Schloß und Riegel, und rundum bewacht:
Patrouillen ziehn herum, die Glocke schellt,
Wachtposten überall, und Feuerzeichen
Auf allen Türmen! – Doch nun muß ich gehn,
Mich abzuwaschen! Sorge du jetzt weiter! *Ab*

Chorführer *zu Pisthetairos*:
Du, nun, was ist dir? Staunst du, daß die Mauer
Mit solcher Schnelligkeit zustande kam?

Pisthetairos: Bei allen Göttern, ja, es ist zum Staunen!
Es sieht in Wahrheit aus wie eine Lüge!
Doch sieh, da stürzt ein Wächter von der Höh'
Grad auf uns zu, mit Waffentänzerblicken!

Zweiter Bote tritt auf

Bote: O weh, o weh, o weh, o weh, o weh!

Pisthetairos: Was gibt's?

Bote: Entsetzliches ist vorgefallen!
Der Götter einer, von dem Hof des Zeus,
Flog eben durch das Stadttor, unbemerkt
Von unsrer Dohlenwacht, hier in die Luft!

Pisthetairos: Abscheulicher, verruchter Frevel! Ha,
Wer ist der Gott?

Bote: Wir wissen nichts, als nur:
Er hatte Flügel!

Pisthetairos: Und ihr verfolgtet ihn
Nicht gleich mit Grenzbereitern?

Bote: Doch! Wir schickten
Gleich dreißigtausend Falken, reisige Jäger,
Ihm nach: was Krallen hat, ist ausgerückt,
Turmeule, Bussard, Geier, Weih und Adler;
Vom Flügelschwirren, Kreischen, Rauschen dröhnt
Die Luft, sie alle fahnden nach dem Gott.
Fern ist er nicht, er steckt wohl hier herum
Schon irgendwo! *Ab*

Pisthetairos: Zur Schleuder greift, zum Bogen!
Es wappne sich die ganze Dienerschaft!
Hierher! Legt an! Mir eine Schleuder! Schießt!

Getümmel

Chor: Krieg! Zu den Waffen! Krieg,
Unerhört blutiger,
Wider die Götter! Auf,
Schließet mit Wachen ein
Rund den umwölkten Raum,
Erebos' Kind, die Luft,
Daß nicht der Gott uns hier
Durchschlüpft im Luftrevier!

Chorführer: Schaut all' euch um und paßt wohl auf! „Er schwebt
Schon in der Näh' herum, der Gott! Zu hören
Ist schon das Rauschen seines Flügelschlags!“

Iris fliegt herab

Pisthetairos: He, Jüngferchen, wo fliegst du hin? Nur sacht!
Halt stille! Rühr dich nicht! Ich sag' dir: Halt!
Wer bist du, he? Woher? Wo kommst du her?

Iris: Ich komme von den Göttern des Olymps.

Pisthetairos: Wie nennst du dich denn? Schlapphut oder Boot?

Iris: Iris, die schnelle Botin!

Pisthetairos: So? Ein Boot?
Salaminia oder Paralos?

Iris: Was meinst du?

Pisthetairos: Geht denn kein Stößer auf sie los?

Iris: Auf mich?
Was soll das geben?

Pisthetairos: Dir den Jungfernstoß!

Iris: Bist du verrückt?

Pisthetairos: Zu welchem Tor der Festung
Bist du hereingekommen, freche Dirne?

Iris: Durch welches Tor? Bei Zeus, das weiß ich nicht!

Pisthetairos *zum Chor*:
Hört, wie sie schnippisch tut!
Zu Iris Du warst doch auf
Der Dohlenhauptwacht? He? Du ließ't den Paß
Dir auf der Storchenpolizei visieren?
Nicht?

Iris: Unsinn!

Pisthetairos: Nicht?

Iris: Bist du bei Trost?

Pisthetairos: So gab
Kein Vogeloffizier dir eine Marke?

Iris: Du Narr, wer wird mir was gegeben haben!

Pisthetairos: So, so! Du fliegst da nur so mir nichts dir nichts
Durch fremdes Stadtgebiet, durch unsre Luft?

Iris: Wo durch denn sollen sonst die Götter fliegen?

Pisthetairos: Das weiß ich nicht, bei Zeus! Nur hier durch nicht!

Iris: Du frevelst!

Pisthetairos: Weißt du, daß nach dem, was du
Getan, von sämtlichen Irissen keiner
Mehr recht geschah' als dir, wenn wir dich henkten?

Iris: Ich bin unsterblich!

Pisthetairos: Sterben müßtest du
Trotzdem! Das war' ja gar zu toll, wenn wir,
Die Herrn der Welt, euch Götter machen ließen,
Was euch gelüstet! Merkt's einmal: die Reih'
Ist nun an euch, dem Stärkern zu gehorchen! –
Inzwischen sag, wo steuerst du jetzt hin?

Iris: Ich? Zu den Menschen schickt mich Vater Zeus!
Ich soll sie mahnen, den olymp'schen Göttern
Zu opfern Schaf und Ochsen, und die Straßen
Mit Fettdampf anzufüllen –

Pisthetairos: Welchen Göttern?

Iris: Wem? Uns, den Göttern, die im Himmel thronen!

Pisthetairos: Ihr – Götter?

Iris: Welche Götter gibt's denn sonst?

Pisthetairos: Die Vögel sind jetzt Götter! Ihnen müssen
Die Menschen opfern, nicht, bei Zeus! dem Zeus.

Iris: „Tor, frevler Tor", erwecke nicht den Grimm
Der Götter, daß nicht „Dike dein Geschlecht

Ausreute mit dem Rachekarst des Zeus“
Und mit „likymnischen Glutblitzen dich
Und deines Hauses Zinnen niederäschre!“

Pisthetairos: Du, hör jetzt auf, den Schwall mir vorzusprudeln!
Glaubst du, du hast 'nen Lyder oder Phryger
Vor dir, den solcher Kinderpopanz schreckt?
Ich sag' dir: wenn mich Zeus noch weiter ärgert,
Werd' ich sein Marmorhaus, „Amphions Hallen“,
„Durch blitzumkrallende Adler niederäschern!“
Porphyrionen schick' ich in den Himmel
Nach ihm, beschwingte, pardelfellumhüllte,
Mehr als sechshundert: hat ihm doch ein einz'ger
Porphyrion schon heiß genug gemacht!
Dich, Zofe, krieg' ich, wenn du mich noch reizt,
Zuerst am Bein, und bohre durch und durch
Die Iris, daß sie staunen soll, wie rüstig
Ich alter Knab' noch Stoß auf Stoß versetze!

Iris: Erstick an deinen Worten, Niederträcht'ger!

Pisthetairos: Hinaus mit dir! Husch, husch! Hinaus zum Tempel!

Iris *fortfliegend*:
Mein Vater wird die Frechheit dir vertreiben!

Pisthetairos: O weh, ich zittre! – Geh wo anders hin
Und schreck' und „äschre“ jüngre Leute nieder!

Chor: Ja, wir verkünden euch
Göttern von Zeus' Geblüt:
Daß ihr durch unsre Stadt

Nie zu passieren wagt!
Keiner der Sterblichen
Sende vom Opferherd
Ihnen durch unser Reich
Weihrauch und Bratenduft!

Pisthetairos: Seltsam! Der Herold, den wir an die Menschen
Gesandt, er ist noch immer nicht zurück!

Ein Vogel tritt auf als Herold

Herold: O Pisthetairos, o du Glücklichster,
Du Klügster, Weisester, Gepriesenster,
Geruh', o dreimal Sel'ger –

Pisthetairos: Nun, heraus!

Herold: Dich schmücken, deine Weisheit tief anbetend,
Mit diesem goldnen Kranz des Erdballs Völker.
Überreicht ihn

Pisthetairos: Schön Dank! Allein wie komm' ich zu der Ehre?

Herold: Der weltberühmten Luftstadt hoher Gründer!
So weißt du nicht, wie dir die Menschen huld' gen,
Wieviel Verehrer du im Lande hast?
Eh' du die neue Stadt gebaut, war alles
Lakonomane, ging mit langem Haar,
War schmutzig, hungerte, trug Knotenstöcke,
Sokratisierte: jetzt dagegen gibt's
Ornithomanen nur, und alles äfft
Mit wahrer Herzenslust die Vögel nach:
Gleich morgens fliegen aus dem Federbett

Sie aus wie wir zu ihrem Leib-Gericht,
Dann lassen auf Buchblättern sie sich nieder
Und weiden sich an fetten – Volksbeschlüssen.
So umgevogelt sind sie ganz und gar,
Daß viele jetzt schon Vögelnamen tragen:
Rebhuhn, zum Beispiel, heißt der hinkende
Weinschenk; Menippos: Schwalbe; Rabe heißt
Opuntios, der Einäugige; Fuchsente
Theagenes; Schopflerche heißt Philokles;
Lykurgos: Ibis; Syrakosios
Heißt: Elster; Chairephon: die Fledermaus,
Und Meidias dort
nach den Zuschauerbänken deutend:
die Wachtel: denn er gleicht
Ihr ganz, wenn sie im Spiel Kopfnüsse kriegt.
Auch ihre Lieder all' sind vogeltümlich,
Und Schwalben sind in allen angebracht,
Kriekenten, Gänschen, Turteltäubchen, immer
Geflügel oder doch ein wenig Federn.
So steht es dort! – Nur dieses noch: Es kommen
Mehr als zehntausend gleich dort unten 'rauf,
Die wollen modische Klau'n und Flügel: schafft
Drum Federn an für all die Kolonisten!

Pisthetairos: Potz Zeus, da dürfen wir nicht müßig stehn!
Zum Herold
Du, lauf hinein und fülle Körb' und Kübel
Und Fässer an mit Federn!
Herold ab. Zu einem Sklaven

Manes, du

Spedierst sodann die Flügel hier vors Haus!
Und ich empfange hier die werten Gäste!

Erster Halbchor: Bald wird als „männerreich“ die Stadt
Gepriesen sein auf Erden!

Pisthetairos *nimmt dem Sklaven einen Korb voll Federn ab*:
Glück zu! Es mag gelingen!

Erster Halbchor: Sie schwärmen ja förmlich für unsre Stadt!

Pisthetairos: *zu den Sklaven*:
Wie langsam! Macht doch schneller!

Erster Halbchor: Denn was könnten hier Fremde,
Einwandrer vermissen,
Wo die Weisheit, die Liebe, ambrosische Lust
Und behagliche Ruhe mit heitrem Gesicht
Uns stets entgegenlächelt?

Pisthetairos *zu den Sklaven*:
Wie trag' du bist, wie lendenlahm!
Willst du dich rühren, Schlingel?

Zweiter Halbchor: So mach dem Kerl nur Füße
Mit der Peitsche! Hurtig!
Er schlendert so lahm wie ein Esel daher!

Pisthetairos: Faul ist und bleibt der Manes!

Zweiter Halbchor: Nun sortiere die Federn
Und leg sie in Ordnung,
Die prophetischen hier, die melodischen da,

Und die schwimmenden dort! Psychologischen Blicks
Verteilst du dann die Federn!

Pisthetairos *zu den Sklaven*:
Beim Schuhu! Länger seh' ich's nicht mit an:
Die Peitsche schwingend
Ich helf euch auf die Beine, faules Pack!

Ein ungeratener Sohn tritt auf und singt

Ungeratener Sohn: „O wär' ich ein Adler in Lüften hoch
Und trügen mich über das wüste Gefild
Des blauen Meeres die Schwingen!"

Pisthetairos: Ich seh', der Herold war kein Lügenbold!
Da kommt schon einer, der von Adlern singt.

Ungeratener Sohn: Nichts Süßres auf der Welt als Fliegen – herrlich
Ist doch die Vögelkonstitution!
Ich bin ganz vogeltoll, ich flieg', ich brenne
Bei euch zu sein, nach eurem Brauch zu leben!

Pisthetairos: Nach welchem? Unsrer Bräuche sind gar viel!

Ungeratener Sohn: Nach allen, doch vor allen lob' ich mir
Den, daß man seinen Vater schlägt und beißt.

Pisthetairos: Nun ja, wir halten's für Bravour an Jungen,
Wenn sie nach ihren Vätern hau'n und kratzen!

Ungeratener Sohn: Drum möcht' ich, naturalisiert bei euch,
Erwürgen meinen Vater und beerben.

Pisthetairos: Gut! Doch wir Vögel haben ein Gesetz,
Uralt, im Storchenkodex aufbewahrt:

„Wenn seine Jungen, bis sie flügge sind,
Ein Storchenvater nährt und pflegt, dann sollen
Dafür die Jungen ihren Vater pflegen!"

Ungeratener Sohn: Das lohnt sich schon der Müh' hierherzukommen,
Wenn ich den Vater auch noch füttern soll!

Pisthetairos: Nu, nu! – Weil du doch guten Willen zeigst,
Will ich als Waisenvogel dich befiedern.
„'Nen guten Rat", mein Junge, „geb' ich dir
Darein, den ich als Knabe mir gemerkt"!
Schlag deinen Vater nicht! Da nimm den Flügel
Und hier den Hahnensporn, und diesen Busch
Nimm für 'nen Hahnenkamm,
gibt ihm Schild, Schwert und Helm
und zieh ins Feld,
Steh Wache, schlag dich durch mit deiner Löhnung,
Laß deinen Vater leben! – Willst du kämpfen,
Flieg hin nach Thrakien und kämpfe dort!

Ungeratener Sohn: Beim Dionysos! nicht der schlimmste Rat!
Ich folge dir! *Ab*

Pisthetairos: Das wird das klügste sein!

Kinesias tritt auf und singt

Kinesias: „Auf zum Olymp feurigen Schwungs
Flieg' ich mit flüchtigem Fittich!"
Vagabundisch flieg' auf den Bahnen des Lieds
Kühn ich herum –

Pisthetairos: *Das* Wesen braucht allein 'ne Ladung Federn!

Kinesias: Und dem Neuesten stets
Huldig' ich, stark so am Geist wie am Leib!

Pisthetairos: Du da, Kinesias, Mann von Lindenholz!
Was schwebelt hier dein Säbelbein herum?

Kinesias: In ein Vöglein wär' ich, die Nachtigall,
Die melodische, gerne verwandelt!

Pisthetairos: Nun laß das Trillern! Sprich in schlichten Worten!

Kinesias: Von dir beflügelt möcht' ich hoch mich schwingen
Und aus den Wolken mir schneeflockenduft'ge,
Windsbrautumsauste Dithyramben holen!

Pisthetairos: Wer wird sich aus den Wolken Lieder holen?

Kinesias: An diese knüpft sich unsre ganze Kunst!
Ein Dithyramb, ein glänzender, muß luftig,
Recht dunkel, nebelhaft und nachtblau sein,
Und sturmbefittticht – etwa so – vernimm!

Pisthetairos: Bedanke mich!

Kinesias: Nein, beim Herakles, nein!
Die ganze Luft durchflieg' ich gleich mit dir:
Singt
Die Gebilde der luftdurchsteuernden,
Halsausreckenden Vögel –

Pisthetairos: O hop, halt ein!

Kinesias: Wohl über die Wogen, wie Windeswehen,
Die wallenden, wünsch' ich zu wandeln –

Pisthetairos: Wart, Wicht, den Winden weisen wir den Weg!
Packt ihn und dreht ihn rechts und links herum

Kinesias *singt dazu*:
Bald gegen den Süd hinsteuernd und bald
In des Boreas Kühle die Glieder getaucht,
Hafenlos luftige Furchen durchschneidend –
Sprechend
Sehr artig, Alter, muß gestehn, recht fein!

Pisthetairos *reißt ihn herum*:
So sturmbefitticht – bist du nicht zufrieden?

Kinesias: Das beutst du mir, dem Dithyrambenmeister,
Um den die Stämme jedes Jahr sich reißen?

Pisthetairos: Hör, willst du, hagrer Leotrophides,
Hier bleiben und 'nen Vogelchor einüben
Für den Kerkopenstamm?

Kinesias: Du spottest mein!
Ich aber sag' dir: ruhen werd' ich nicht,
Bis ich beflügelt durch die Lüfte schwebe. *Ab*

Ein Sykophant tritt auf

Sykophant: „Was für Vögel sind denn das, von Gefieder bunt“,
Doch im übrigen bettelarm?
Sprich, „du flügelausreckende, bunte Schwalbe!“

Pisthetairos: Nun kommt die schwere Not uns auf den Hals!
Da gluckst und überläuft uns wieder einer.

Sykophant: Noch einmal: „flügelausreckende, bunte“ –

Pisthetairos: Der, scheint es, spielt auf seinen Mantel an:
Der braucht wohl mehr als einer Schwalbe Flaum.

Sykophant: Wer sorgt hier für Befiederung der Fremden?

Pisthetairos: Der Mann bin ich! Was steht zu Dienst? Sag an!

Sykophant: Ei, Flügel, Flügel! Was bedarf's der Frage?

Pisthetairos: Du denkst wohl nach Pellene hinzufliegen?

Sykophant: O nein, ich bin Gerichtshof' auf den Inseln
Herum und –

Pisthetairos: Sykophant? – Ein schönes Amt!

Sykophant: Prozeßaufspürer! Um von Stadt zu Stadt
Zitierend mich zu schwingen, brauch' ich Flügel.

Pisthetairos: Geht das Zitieren denn mit Flügeln besser?

Sykophant: O nein, es ist nur der Piraten wegen!
Und heim dann kehr' ich mit den Kranichen,
Statt mit Ballast den Kropf gefüllt mit – Klagen!

Pisthetairos: Das ist dein Handwerk also! Noch so jung
Und schon Spion und Sykophant auf Reisen?

Sykophant: Was soll ich machen? Graben kann ich nicht –

Pisthetairos: Es gibt, bei Gott, doch ehrliche Gewerbe,
Von denen sich ein Mensch in deinem Alter
Ernähren sollt', und nicht vom Händelstiften!

Sykophant: Salbader! Flügel brauch' ich, nicht Moral!

Pisthetairos: Mit meinem Wort beflügl' ich dich!

Sykophant: Wie soll
Mich das beflügeln?

Pisthetairos: Ei, durch Worte macht
Man jedem Flügel!

Sykophant: So?

Pisthetairos: Und hast du nie
Gehört, wie Väter in den Baderstuben
Von jungen Leuten manchmal also sprachen:
›Mein Jung' hat Schwung, Diitrephes beflügelt
Ihn durch sein Wort – zum Reiten und zum Fahren!‹
Ein andrer meint: der seine habe Schwung
Fürs Trauerspiel, hochfliegend sei sein Geist –

Sykophant: So könnten Worte Flügel geben?

Pisthetairos: Freilich!
Durch Worte schwingt der Genius sich auf,
Der Mensch erhebt sich! – Und so will auch ich
Mit wohlgemeinten Worten dich beflügeln
Zur Ehrlichkeit –

Sykophant: Das willst du? – *Ich* will nicht!

Pisthetairos: Was willst du denn?

Sykophant: Nicht schänden mein Geschlecht!
Ererbt hab' ich das Sykophantenhandwerk:
Drum gib mir schnelle, leichte Fittiche,
Vom Habicht oder Falken, daß die Fremden

Ich herzitieren, hier verklagen kann
Und dann ausfliegen abermals –

Pisthetairos: Verstehe!
Du meinst: gerichtet soll der Fremde sein,
Noch eh' er hier ist?

Sykophant: Völlig meine Meinung!

Pisthetairos: Er schifft hierher, indes du dorthin fliegst,
Um sein Vermögen wegzukapern?

Sykophant: Wohl!
Flink wie ein Kreisel muß das gehn!

Pisthetairos: Verstehe!
Ganz wie ein Kreisel! – Ei, da hab' ich eben
Scharmante Flügel von Kerkyra – schau!
Zeigt ihm die Peitsche

Sykophant: Au weh, die Knute!

Pisthetairos: Schwingen sind's, mit denen
Du mir hinschwirren sollst ›flink wie ein Kreisel!‹
Peitscht ihn durch

Sykophant: Au, au!

Pisthetairos: So fliege doch, Halunke, fliege!
Erzgauner, tummle dich, frischauf! – Ich will
Die Rechtsverdreherpraxis dir versalzen!
Sykophant ab. Zu den Sklaven
Nun packt die Federn ein! Wir wollen gehn! *Ab*

Erster Halbchor: Viel des Neuen, Wunderbaren
Haben wir auf unserm Flug
Schon gesehn! Vernehmt und staunet:
Aufgeschossen, fern von Kardia,
Ist ein seltsam fremder Baum,
Und der heißt: Kleonymos –
Ist im Grund zu nichts zu brauchen,
Aber stämmig sonst und groß;
Sykophantenfrüchte trägt er
Stets im Frühling, goldumlaubte, –
Aber nackt im Wintersturme
Steht er da, schildblätterlos!

Zweiter Halbchor: In der ampellosen Wüste,
Der ägypt'schen Finsternis
Nah gelegen ist ein Land;
Allda schmausen und verkehren
Menschen mit Heroen immer
Früh, doch spät am Abend nicht!
Denn geheuer ist es nicht,
Ihnen zu begegnen nachts:
Würd' ein Sterblicher dem Heros
Da begegnen, dem Orestes, –
Schwer vom Schlag getroffen würd' er,
Ausgezogen bis aufs Hemd!

Vierte Szene

Chor. Prometheus. Pisthetairos

Prometheus *vermummt, ängstlich*:
Ach Gott, ach Gott, daß Zeus mich nur nicht sieht! –
Wo ist der Pisthetairos?

Pisthetairos kommt heraus

Pisthetairos: He, was soll
Der Mummenschanz?

Prometheus: Pst! Siehst du keinen Gott
Da hinter mir?

Pisthetairos: Bei Zeus, ich sehe nichts!
Wer bist du?

Prometheus: Welche Zeit ist's wohl am Tag?

Pisthetairos: Je nun, ich denk': ein wenig über Mittag!
Wer bist du denn?

Prometheus: Bald Feierabend? He?

Pisthetairos: Nun wird mir's bald zu toll!

Prometheus: Was macht auch Zeus?
Klärt er den Himmel auf? Umwölkt er ihn?

Pisthetairos: Zum Henker –

Prometheus: Nun, so will ich mich enthüllen!
Tut es

Pisthetairos: Prometheus, Teurer –

Prometheus: Schrei nicht! Mäuschenstill!

Pisthetairos: Was hast du?

Prometheus: Nenne meinen Namen nicht!
Es ist mein Tod, wenn Zeus mich hier erblickt.
Nun laß dir sagen, wie's da oben steht!
Nimm hier den Sonnenschirm und halte mir
Ihn über, daß die Götter mich nicht sehn!

Pisthetairos: Haha, haha!
Echt promethei'sch, sinnreich vorbedacht!
Macht den Schirm auf
So, steh da unter, sprich und fürcht' dich nicht!

Prometheus: Nun hör einmal!

Pisthetairos: Ich bin ganz Ohr.

Prometheus: Mit Zeus
Ist's aus'

Pisthetairos: Ist's aus? Der Tausend! Und seit wann?

Prometheus: Seitdem ihr in der Luft euch angebaut!
Den Göttern opfert keine Seele mehr
Auf Erden, und kein Dampf von fetten Schenkeln
Steigt mehr zu uns empor seit dieser Zeit.
Wir fasten, wie am Thesmophorienfest,
Kein Altar raucht, und die Barbarengötter
Schrei'n auf vor Hunger, kreischen auf illyrisch
Und drohn, den Zeus von oben zu bekriegen,

Wenn er kein Ende macht der Handelssperre
Und freie Einfuhr schafft dem Opferfleisch!

Pisthetairos: Gibt's denn Barbarengötter auch bei euch
Und über euch?

Prometheus: Barbaren freilich, wie
Der Schutzpatron des Exekestides.

Pisthetairos: Wie heißen die Barbarengötter denn
Mit Namen?

Prometheus: Wie? Triballen!

Pisthetairos: Ich versteh':
Ihr Zorn trieb allen Göttern Angstschweiß aus!

Prometheus: So ist's! Nun aber laß noch eins dir sagen:
Gesandte kommen bald zur Unterhandlung
Hier an von Zeus und den Triballen droben!
Laßt euch nicht ein mit ihnen, wenn nicht Zeus
Das Zepter wieder abtritt an die Vögel
Und dir zum Weib die Basileia gibt.

Pisthetairos: Wer ist die Basileia?

Prometheus: Oh, ein Mädchen
Blitzschön, und hat zum Donnern das Geschoß
Des Zeus, die ganze Wirtschaft unter sich,
Recht, Politik, Gesetz, Vernunft, Marine,
Verleumdung, Staatsschatz, Taglohn und Besoldung!

Pisthetairos: Verwaltet sie das alles?

Prometheus: Wie ich sage!
Bekommst du sie von ihm, dann hast du alles!
Drum bin ich hergekommen, dir's zu sagen:
Denn für die Menschen feurig brennt mein Herz!

Pisthetairos: O ja, wir backen Fisch' an deinem Feuer.

Prometheus: Du weißt, voll Götterhaß ist meine Brust.

Pisthetairos: Der Götter Haß – den hast du! Ja, du bist
Ein wahrer Timon!

Prometheus: Muß jetzt fort! Den Schirm!
Damit mich Zeus, wenn er heruntersieht,
Für einer Festkorbträg'rin Diener hält. *Ab*

Pisthetairos: Nimm auch den Stuhl, als heil'ger Klappstuhlträger!

Chor: Nah beim Land der Schattenfüßler
Liegt ein See, wo Sokrates
Ungewaschen Geister bannt. –
Um zu schauen seinen mut'gen
Geist, der lebend ihm entwischt,
Kam Peisandros auch dahin:
Ein Kamel von einem Lamm
Bracht' er mit und stach's durchs Herz,
Trat zurück dann, wie Odysseus –
Da entstieg der Tiefe, lechzend
Nach dem Herzblut des Kameles, –
Chairephon, die Fledermaus!

Fünfte Szene

Der Chor. Pisthetairos. Poseidon. Herakles. Der Triballe

Poseidon *tritt auf, zum Herakles*:

Da siehst du Wolkenkuckucksburg vor dir,
Die Stadt, wohin wir als Gesandte ziehn.
Zum Triballen
Nein, wirft sich der den Mantel linkisch um!
Schlag ihn doch über, wie's der Brauch verlangt!
Geht dir's wie dem Laispodias, armer Tropf? –
Demokratie, wo bringst du uns noch hin,
Wenn Götter solche Kerls zu Ämtern wählen!

Der Triballe: 'S Maul holten, du!

Poseidon: Zum Henker! So barbarisch
Wie den, hab' ich noch keinen Gott gesehn!
Was tun wir nun, Herakles?

Herakles: Wie ich sage:
Ich dreh' dem Kerl den Hals um, der es wagt,
Die freie Luft den Göttern zu vermauern!

Poseidon: Doch, Freund, zur Unterhandlung schickt man uns.

Herakles: Um so gewisser gurgl' ich grad ihn ab!

Pisthetairos *ruft in die Küche hinein*:

Die Käseraspel! – Bring' mir den Asant!
Gut! Und den Käs! So schür doch auch die Kohlen!

Herakles *zu Pisthetairos*:

Du, Mensch, wir Götter, unsrer drei, wir bieten
Dir unsern Gruß!

Pisthetairos *unter der Türe beschäftigt*:

Ich reib' Asant darauf!

Herakles: Was ist denn das für Fleisch?

Pisthetairos *ohne sich umzusehen*: Von Vögeln, die
Der Volksgewalt der Vögel trotzend – Unrecht
Zu haben schienen!

Herakles: Und da reibst du nun
Asant darauf?

Pisthetairos *sich umsehend*: Herakles? Ei, willkommen!
Was schaffst du hier?

Herakles: Die Götter senden uns,
Um gütlich diesen Krieg –

Pisthetairos *ruft hinein*: Geschwind! Im Krug
Ist nicht ein Tropfen Öl mehr! – Schwimmen müssen
Im Fett gebratne Vögel! So gehört sich's!

Herakles: *Wir* sehen keinen Vorteil ab beim Krieg,
Ihr aber, wollt ihr's mit den Göttern halten,
Habt Regenwasser g'nug in allen Pfützen
Und lebt von nun an halkyonische Tage.
Hierfür ist unsre Vollmacht unbeschränkt!

Pisthetairos: Wir haben nicht zuerst den Krieg mit euch
Begonnen; ja wir wollen, wenn nur ihr

Gefälligst tut, was recht und billig ist,
Gern Frieden machen; recht und billig aber
Ist es, daß Zeus das Zepter uns, den Vögeln,
Zurückgibt! Wollt ihr? – Nun, dann habt ihr Frieden!
Und die Gesandten lad' ich ein zum Frühstück!

Herakles: Annehmlich scheint mir das; ich stimme: Ja!

Poseidon: Was denkst du? – O du Freßmaul! O du Tölpel!
Den Vater willst du um die Herrschaft bringen?

Pisthetairos: Meinst du? – Vergrößert nur wird eure Macht,
Ihr Götter, wenn die Vögel drunten herrschen!
Jetzt ducken unterm Wolkendach die Menschen
Sich schlau und schwören täglich falsch bei euch.
Doch, habt ihr zu Verbündeten die Vögel
Und schwört ein Mensch beim Geier und beim Zeus
Und hält's nicht: fliegt der Geier ihm urplötzlich
Aufs Haupt und hackt und kratzt das Aug' ihm aus.

Poseidon: Ja, beim Poseidon! Der Beweis ist schlagend!

Herakles: Das mein' ich doch!
Zum Triballen Und du?

Der Triballe: Heim gan wir drei!

Herakles: Du hörst: er meint, 's geht an!

Pisthetairos: Nun höret weiter!
Noch vieles tun wir sonst zu eurem Besten:
Gelobt ein Mensch den Göttern Opferfleisch
Und meint dann pfiffig: ›Götter können warten‹,

Und zahlt die Schuld nicht ab aus purem Geiz –
Wir treiben sie schon ein!

Poseidon: Wie macht ihr das?

Pisthetairos: Wenn so ein Mensch sein Geldchen grade hin
Und her zählt oder just im Bade sitzt,
Da schießt ein Weih herunter, rapst das Geld
Ihm für zwei Schafe weg und bringt's dem Gotte!

Herakles: Ich stimme, wie gesagt, dafür, das Zepter
Ihm abzutreten!

Poseidon: Frag auch den Triballen!

Herakles *seitwärts zum Triballen*:
Triballe, soll er Prügel –

Der Triballe: Ja, stockprügeln ik
Schon wollen dik!

Herakles: Er will! Du hörst es selbst!

Poseidon: Gefällt's euch so, so kann's auch mir gefallen!

Herakles *zu Pisthetairos*:
Du, mit dem Zepter hat es keinen Anstand!

Pisthetairos: Nun gut! – Doch halt, da fällt mir noch was ein!
Die Hera überlass' ich gern dem Zeus,
Doch fordr' ich dann die Jungfrau Basileia
Zum Weib!

Poseidon: Dir ist's nicht Ernst mit dem Vertrag!
Kommt! Laßt uns gehn!

Pisthetairos: Mir gilt es gleich!

Ruft hinein Du Koch,

Ich sag' dir, mach die Sauce nur recht süß!

Herakles: Bleib doch, Poseidon, wunderlicher Kauz!
Krieg um ein Weib – wo denkst du hin?

Poseidon: Je nun,
Was denn?

Herakles: Was denn? Wir schließen den Vertrag!

Poseidon: Du Tor, du bist betrogen! Merkst du nichts?
Du bist dir selbst zum Schaden! – Wenn nun Zeus
Die Herrschaft abtritt – denk nur – und er stirbt,
Bist du ein Bettler! – Dir gehört die Erbschaft
Ja ganz, die Zeus im Tod einst hinterläßt!

Pisthetairos: Das ist doch arg! Wie der dich übertölpelt!
Komm her zu mir und laß dir's explizieren:
Dein Oheim täuscht dich, armer Narr! An dich
Kommt nicht ein Deut von deines Vaters Gut
Nach dem Gesetz: denn du – du bist ein Bastard!

Herakles: Ein Bastard, ich?

Pisthetairos: Bei Zeus! Du bist's: als Sohn
Vom fremden Weib! Gesteh, wie könnte sonst
Athene erbberechtigt sein als Tochter,
Wär' noch ein ebenbürt'ger Bruder da?

Herakles: Wie aber, wenn mein Vater mir das Gut
Vermacht als Nebenkindsteil?

Pisthetairos: Das Gesetz
Verbeut's ihm! Hier, Poseidon selbst, der jetzt
Dich spornt – der erste wär' er, der das Erbe
Dir streitig macht' als Bruder des Verstorbnen!
Hör an, wie das Gesetz des Solon spricht:
„Ein Bastard ist von der Erbfolg' ausgeschlossen,
Wenn eheliche Kinder da sind!
Sind aber keine ehelichen Kinder da,
So fällt die Erbschaft an die nächsten Agnaten!“

Herakles: So wär' des Vaters Hinterlassenschaft
Für mich verloren?

Pisthetairos: Ja! – Ei – hat dein Vater
Dich richtig auch ins Zunftbuch eingetragen?

Herakles: Wahrhaftig, nein! Das hat mich längst gewundert!

Pisthetairos: Was stierst du so hinauf mit Racheblicken? –
Hältst du's mit uns, dann mach' ich dich zum König
Und Herrn und speise dich mit Hühnermilch!

Herakles: Mir schien's von Anfang: billig ist die Ford'rung,
Die du gemacht: ich gebe dir die Dirne! –
Und du, was sagst denn du?

Poseidon: *Dagegen* stimm' ich.

Herakles: Dann gibt den Ausschlag der Triball!
Zum Triballen He, du!

Der Triballe: Der schöner Junkfrouwen, die Kunigin stolze
Dem Voggel übergebben ick!

Herakles: Du hörst:
Er übergibt sie.

Poseidon: Nein, das klingt nur so,
Weil kauderwelsch er wie die Schwalben zwitschert.

Pisthetairos: So meint er wohl: er gebe sie den Schwalben!

Poseidon: Macht ihr das miteinander aus: schließt ab!
Ich schweige: denn ihr wollt ja doch nicht hören.

Herakles *zu Pisthetairos*:
Wir gehen alles ein, was du verlangst:
Komm du mit uns jetzt selber in den Himmel
Und hol dir Basileia samt Gefolge!

Pisthetairos: Da hätten wir ja eben recht geschlachtet
Zur Hochzeit!

Herakles: Ist's euch recht, so bleib' ich hier
Und mach' den Braten fertig! Geht ihr nur!

Poseidon: Was? Braten, du? Du schwatzt wie ein Schmarotzer!
Du gehst nicht mit?

Herakles: Da wär' ich schön beraten!
Geht ins Haus

Pisthetairos *zu einem Sklaven*:
Du, geh und hol mir schnell ein Hochzeitskleid!

Er kleidet sich um. Alle ab

Chor: An der Wasseruhr in Schelmstädt
Wohnt ein wahres Gaunervolk,
Zungendrescher zubenannt.

Mit der Zunge sä'n und ernten,
Dreschen sie und lesen Trauben,
Feigen suchen sie mit ihr.
Von Barbaren stammen sie,
Gorgiassen und Philippen;
Und der Zungendrescher wegen,
Der Philippe, gilt die Sitte,
Daß in Attika die Zunge
Immer ausgeschnitten wird!

Sechste Szene

Der Chor. Ein Bote. *Später* ***Pisthetairos*** *mit* ***Basileia***

Bote *tritt auf*:

O überschwenglich, unaussprechlich, hoch
Beglücktes, dreimal sel'ges Vögelvolk!
Empfangt im Haus des Segens den Gebieter:
Er naht sich leuchtend, überstrahlend selbst
Den Sternenglast der goldumblitzten Burg,
So blendend, herrlich, daß der Sonne Lichtglanz
Vor ihm erblaßt: so naht er an der Seite
Der unaussprechlich schönen Braut und schwingt
Den Blitzstrahl, Zeus' geflügeltes Geschoß.
Ein unnennbarer Duft durchströmt des Weltalls
Urtiefen, und der Weste Hauch umfächelt
Des Weihrauchs krause Wölkchen: Sel'ges Schauspiel!

Doch sieh, da naht er selbst! – Erschließt den Mund,
Den glückweissagenden, der heil'gen Muse!

Chor *stellt sich in Parade*:
Wendet euch, stellet euch, zeiget euch, neiget euch!
Schwärmet in seliger
Lust um den sel'gen Mann!
Der Zug naht sich
Ah, welch ein Zauber, welche Schöne!
Glücksel'ges Band, das unsrer Stadt
Zum Heil du geknüpft!
Ja, großes Heil ist dem Vogelvolk
Widerfahren durch dich, o du göttlicher Mann!
So lasset mit bräutlichen Liedern uns denn
Und festlichem Jubel den Bräutigam
Und die Braut Basileia empfangen!

Erster Halbchor: Also vermählten die Parzen einst
Mit der olympischen Hera dich,
Mächtiger Herrscher, gewaltiger,
Auf dem erhabenen Götterthron,
Unter rauschendem Hochzeitsjubel!

Chor: Segne sie, segne sie, Hymen!

Zweiter Halbchor: Eros lenkte, der blühende,
Goldbeschwingte, die Zügel des
Bräutlichen Wagens mit sichrer Hand,
Zeus' Brautführer, des seligen,
Und der beglückten Hera!

Chor: Segne sie, segne sie Hymen!

Pisthetairos *mit Basileia auf einem Wolkenwagen*:
Mich erfreuet das Lied, mich ergötzt der Gesang
Und der festliche Gruß! Doch besinget nun auch
Des ländererschütternden Donners Gewalt
Und die leuchtenden, zuckenden Blitze des Zeus
Und die Glut der zerstörenden Flammen!

Chor: Leuchtender, goldner, gewaltiger Flammenstrahl,
Göttliche, glühende Waffe des hehren Zeus,
Erdgrunderschütternde, krachende, regenumrauschte Gewitter,
Welche nun *Er* in der Hand hält!
Sein, durch dich, ist alle Gewalt nun,
Sein Basileia, das fürstliche Kind des Zeus!
Segne sie, segne sie, Hymen!

Pisthetairos: Nun folgt als Hochzeitsgäste mir,
Leichtbeschwingte Brüder all',
Folgt mir zum Palast des Zeus,
Zur Vermählungslagerstatt!
Zu Basileia, indem sie absteigen
Sel'ge, gib mir nun die Hand,
Faß mich an den Flügeln, laß
Dich im Reigen schwingen und
Heben hoch empor im Tanz.

Ballett

Chor: Tralala, juhe, juhe!
Heil dem Siegbekränzten,
Heil, Heil dem Götterkönig